pages

9th COLLECTION

pages

9th COLLECTION

이해라는 오해에 관하여

이해이
조혜림
임발
손준수

이해 理解 명사
남의 사정을 잘 헤아려 너그러이 받아들임.
오해 誤解 명사
그릇되게 해석하거나 뜻을 잘못 앎.
또는 그런 해석이나 이해.

'pages'는 여러 사람의 'page'가 모여 완성된 책입니다. 매 권 특별한 소재와 주제(혹은 문장)와 장르 안에서 다양한 글을 엮어 만들어 냅니다.

목차

이헤이
모르는 사람을 봤어 010

조혜림
파스칼 050

임발
그러니까 이제는 120

손준수
초록이 머무는 날들에 168

편집자의 말
맺음말

페이지스의 아홉 번째 이야기 '이해라는 오해에 관하여'는 오해와 이해에 관한 소설집입니다.

우리는 누군가에게 상처를 주거나 받으며 살아갑니다. 때로는 일부러 의도하기도 하지만, 대부분은 의도치 않은 말이나 행동에 의해서요. 의도와는 다른 해석이 오해라는 상처를 만들고, 누군가를 이해하려고 했던 시도는 자주 엉뚱한 결말에 도달합니다.

누군가를 완벽하게 이해한다는 것만큼 오만한 말이 있을까요? 타인을 이해하려 노력하는 모습은 아름답지만, 누군가를 완벽히 이해했다는 착각은 때론 완전한 오답이 될 수도 있습니다. 그럼에도 불구하고 우리는 또 다른 오답을 내릴지라도 타자와 세상으로 한 발짝 내딛습니다. 어쩌면 우리는 오답을 쓰는 만큼 타인과 세상을 조금씩 이해해 가는 걸지도 모릅니다. 자기 자신에 관해서도요. 용기를 내어 오해와 이해에 대해 쓴 네 작가의 소설들을 담았습니다.

소설이 작가의 실제 이야기처럼 느껴질 수도 있지만, 어디까지나 이 책에 실리는 소설들은 가상의 이야기입니다.

모르는 사람을 봤어

이해이

1

나는 '더 로드스$^{The\ roads}$1' —진 매커드(리드 보컬, 기타), 폴 재너드(리드 보컬, 베이스), 포드 해리건(하모니 보컬, 기타), 애플 트윙클(하모니 보컬, 드럼)로 이루어진 영국의 4인조 밴드— 를 잘 모른다. 안다고 말하기엔 너무 조금 알고 있어서, 모른다고 말하

---

1 진 메커드(리드 보컬, 기타), 폴 재너드(리드 보컬, 베이스), 포드 해리건(하모니 보컬, 기타), 애플 트윙클(하모니 보컬, 드럼)로 이루어진 영국의 4인조 밴드. 1963년 1집 앨범 [We don't know you]로 데뷔했고 1987년 대영 제국 훈장(MBE)을 받아 정말로 귀족이 되었다. (영국에서는 로드road와 로드lord의 발음을 두고, 언제쯤 로드스가 귀족이 될지 내기를 하는 게 유행이기도 했다.) 2010년 영국의 BBC는 다큐멘터리 [로드스: 1963 모르는 사람들의 위대한 여정 (roads: 1963 you know but I don't know)]에서 "50년 전 리버풀에서 나타난 4명의 젊은이들이 세상의 모든 것을 바꿔 놓을 앨범을 발매했다."라고 말했으며, BBC의 라디오 프로듀서 빅 갤럭시(Vic galaxy)는 "팝 음악의 역사는 로드스의 등장 전과 후로 나뉜다."고도 말했다.

는 편이 맞다. 리드보컬인 '폴 재너드'의 첫 내한 공연이 성사된 것은 한 신용카드사의 대표 덕분이었다. 카드사의 새 대표로 취임한 재벌 2세가 문화와 예술을 사랑해 마지않는 덕후였기 때문이다. 평소에도 쇼맨십이 뛰어난 셀럽으로 유명했던 그는 대표가 되자마자 본인이 좋아하던 국외의 정상급 뮤지션과 아티스트를 초청하는 스타디움급 공연을 기획했고, 자신이 운영하는 카드사 회원들에게만 선예매 혜택을 제공하겠다고 공개적으로 약속해 카드사의 신규회원을 폭발적으로 유치하여 민심과 더불어 주주들의 지지까지 얻었다. 실제로 뛰어난 재력과 말솜씨로 도저히 성사될 리 없던 공연을 그는 연달아 계약했으며, 초청 목록은 비밀에 부친 채 TV 광고나 유튜브 광고를 통해 텅 빈 백색 화면에 회사 로고만 띄운 후 해당 아티스트의 대표곡 클라이맥스를 BGM으로 삽입해 힌트를 흘리는 식으로 화제를 불러일으켰다.

그런데 지금.

내가 티셔츠를 벗고 바지 버클에 손을 올리는 시점.

파랑이 내 허리를 잡고 눈앞에 입술을 들이밀던 순간,

폴 재너드의 목소리가 흘러나온 것이다.

3년 전, 파랑은 언젠가 꼭 '더 로드스' 시절의 그들이 앨범 재킷을 찍었던 영국의 '트라이앵글 로드'에 가보고 싶다고 말했다. 부장의 압박에 못 이겨 가입한 회사 산악모임의 뒤풀이 도중, 사수의 부탁에 못 이긴 척 나간 소개팅 자리에서 한 말이었다. 고객사 임원이 부탁한 자리인데, 나오기로 한 후배가 잠수를 타서 상대 남자가 카페에 혼자 앉아 있다는 거였다. 산 밑에서 마신 막걸리의 취기가 왕왕 올라왔고, 두부조림 양념이 묻은 등산 점퍼의 끝자락에 온 신경이 쏠려 있었다. 나는 파랑의 말에 온전히 집중할 수 없었다.

그런데도 그 한마디는 이상하게 기억에 남았다. 그래서 우리가 잘 된 걸 거야. 네가 술에 취해 있었기 때문에. 훗날 파랑은 초면부터 막걸리 냄새를 풍기며 등산복을 입고 마주 앉은 낯선 여자의 멀쩡한 모습이 궁금해져서, 나에게 다시 한번 만나자고 했다고 말했다.

"정말 다행이야. 그건 우리가 서로 잘 모르는 사이라 가능한 일이었지."

나는 그의 '트라이앵글 로드'에 가보고 싶다는 그 문장을 조용히 기억 속에 저장해 두었다. 그리고 습관처럼 틀어두었던 TV의 광고에서, 백색 화면 위로 '더 로드스'의 대표곡 '헤이 미아(Hey Mia)[2]'가 흘러

"더 로드스"의 노래 중 가장 오랫동안 빌보드 싱글 차트 1위로 올랐던 노래로 손꼽히는 히트곡이다. 9주 동안 빌보드 1위를 유지했으며, 진 메커드에게 입양되었다가 파양된 한국인 입양아 '미아'에게 바치는 노래로 알려져 있다. 7분이 넘는 대곡으로 마지막 3분 동안 "라랄라-"를 반복하는 환각적인(Psychedelic) 분위기와 폴의 절규하는 목소리가 이 곡의 백미다.

나오는 순간, 허리를 붙들고 있던 손을 거두고 화면을 향해 고개를 돌려 포효하는 파랑을 보며 알게 됐다. 그는 진심으로 그룹 '더 로드스'와 이제는 솔로로 활동 중인 '폴 재너드'의 광팬이었다.

파랑은 상반신을 탈의한 그대로, 티켓 한 장이 몇십만 원이 넘는 비싼 공연을 나까지 보여주겠다고 힘주어 말했다. 침도 삼키지 못한 채 티켓팅 계획을 외우는 그 앞에서 언제까지나 멀뚱히 앉아 있을 수는 없었다. 그러니까, 너는 일단 나랑 잘 거야? 아니면 티켓팅 계획부터 짤 거야? 하고 물어보려다 말았다. 대신에 벗어뒀던 티셔츠를 조용히 들어 머리에 끼워 넣었다.

나는 남동생과 학교 후배들을 동원해 컴퓨터 다섯 대, 휴대폰 일곱 대를 돌려 예매 전쟁에 참전했다. 파랑의 신용카드 정보를 공유한 덕분에 꽤 괜찮은 좌석을 여러 개 잡을 수 있었다.

"고르는 건 파랑, 네가 해. 나머지 자리는 취소하면 되니까."

파랑은 대답 대신 웃었다. 오랜만에 보는 진짜 웃는 얼굴이었다.

2

육 년 가까이 다녔던 회사를 그만둔 것은 작년 봄의 일이다. 사직서를 내기 전날 밤에도 나는 퇴근 후 파랑을 만났다. 집 앞 꼬치구이 가게에서 부장 욕을 하며 맥주를 마셨다. 이야기의 결론은 늘 같았다. 다시 글을 쓰고 싶다는 것이었다. 내가 작가가 되면 부장 욕부터 쓸 거야. 사내 정치 이야기를 써야지. 편입도 하고 싶어. 그렇지만 확신도 없는데 일을 그만두고 진학해 글을 쓰는 건 정말 미친 짓 같아. 내후년이면 나도 서른인데. 모두가 어딘가에 제 자리를 찾아 머무르기 시작하는데, 나만 뭔가를 향해 걷는다는 건 미친 짓이잖아. 확신도 없는 일에 뛰어들었다가, 등단을 못하고, 결국은 변변찮은 직업도 없이, 평생 길을 잃고 방황하는 삶을 살면 어떡하지. 나는 사대보험이 없는 삶이 정말 두려워. 사대보험이랑 거리가 먼 내 꿈이 너무 좋아서 지겹고 싫어. 내가 말하자 늘 묵묵히 듣기만 하던 파랑이 그날따라 이렇게 말했다.

"좋아서 싫은 게 뭐야? 그런 말이 있나?"

"너무 좋으면 모른척하고 싶어도 잘 안되니까. 좋고 싫은 마음이 번갈아서 지겹고 끈질기게 따라붙으니까."

"그거, 참 모르겠는 마음이네."

그럼 그냥 이직을 한다고 생각해. 어차피 이직해도 출근해서 지내보기 전까지는 그 업무나 회사가 어떨지 모르는 일이잖아. 사대보험 말고 종소세를 내는 삶을 산다고 생각해 보자. 파랑은 이어 말했고 나는 괜히 겸연쩍어져 너 참 재미없어, 하고 대답했다.

그러나 파랑의 목소리가 순간 마음에 묘한 안도감을 주어서 귀가한 새벽, 나는 술이 덜 깬 채로 사직서를 썼다. 다음 날 회사에 제일 먼저 출근한 나는 술이 덜 깬 척하며 부장의 책상 위에 사직서를 올려놓았다. 전적대의 학점을 그러모아 예술 대학 문예창작 전공으로 편입했다. 정 안되면 학사를 취득해서 대학원이라도 진학할 심산이었다. 그래야만 할 것 같았다. 말 그대로 어떻게든, 어떻게든 되겠지, 했던 것이다.

여름 가을 겨울, 형편없는 몇 편의 원고들을 투고하는 동안 뒤늦게 나의 퇴사 소식을 안 회사 동기가 반년 만에 블로그 방명록에 '미쳤냐'는 한 마디를 남겼다. 혼전 임신으로 결혼과 동시에 회사를 그만둔 동기였다. 나는 답글을 남기지 않았다. 그러거나 말거나, 파랑의 곁에 찰싹 달라붙어서 출판사와 신문사의 전화를 기다렸다. 다시 봄, 곧 여름이었다.

*

    티켓이 배송될 때까지만 해도 별다른 일은 없었다. 평일 낮이면 학교에서 근로 장학생으로 일하고, 저녁에는 도서관에서 습작하는 나날이 계속되었다. 광고홍보회사로 이직해 막 대리 직급을 단 파랑은 대표 혹은 고객사와 끝나지 않는 미팅을 반복했고, 결말이 보이지 않는 기획안을 작성했다. 끊임없이 바빴다. 시간이 맞는 주말에는 그의 자취방에서 각자의 일을 했다. 예컨대 나는 스마트폰을 만지고, 그는 만화책을 읽는 것, 나는 노트에 습작을 했고, 그는 오래된 기타를 연주하는 것. 서로에게 애써 설명하지 않아도 좋을 만한 일을 하며 함께 밥을 먹고, 같이 누워 자는 것. 그게 전부였다. 우리는 서로의 루틴을 빤히 아는, 그래서 서로 무엇을 원하는지 너무 잘 아는, 서로에 대해 모르는 것이 없다고 자부하는 삼 년 차 연인이었다. 다만 미세하게 달라진 점이 있다면 파랑이 폴의 공연 예상 셋 리스트를 감상하기 시작했다는 것이었다. 무슨 노래냐고 물어보려다가 나는 묻지 않았고, 파랑도 굳이 설명하지 않았다. 연애 초, 밤의 허리를 붙들고 서로에게 건네는 언어의 말미를 끊임없이 물음표로 끝맺던 시절이 문득 떠오르곤 했다. 잠이 모자랄수록 서로의 얼굴을 오래 보고 있을 수 있어서 오직 좋던 때. 그런데 지금은 어떻지? 제 자취방에 함께 있는 내가 자신의 연인이라는 것을 종종 잊는 것 같았다. 이상하게 나는… 그게 자꾸 미웠다.

우리는 공연 시작 다섯 시간도 더 전에 잠실 주경기장에 택시를 타고 도착했다. 시간이 넉넉하니 지하철을 타고 가도 좋겠다고 생각했는데, 파랑은 체력을 아껴야 하기 때문에 택시를 타야 한다고 말했다. 파랑은 사진에 찍히는 것을 별로 좋아하지 않는 사람이었다. 그런 파랑의 사진도 아주 많이 찍었다. 기념품을 종류별로 사고 그 자리에서 구매한 티셔츠로 갈아

입기도 했다. 내가 감정적이고 즉흥적이라면 파랑은 매사 침착하고 유연했다. 그런 파랑이 유난히 예민했다. 그는 화내거나 불만을 말하는 역할은 주로 내가 맡을 정도로 사람에게 짜증을 내는 법이 별로 없는 사람이었다. 공연 시작 전, 지연이 예상되었던 입장인 걸 알고 있었으면서도 입장 언제 할 거냐며 관계자에게 이의를 제기했고, (덕분에 우리 구역이 제일 먼저 입장했다.) 뒷좌석에서 계속 플래시를 켜는 사람에게 음악에 집중이 되지 않으니 꺼달라고 요청하기도 했다. (내가 그 사람 바로 대각선에 앉아 있었는데, 플래시는 느껴지지도 않았다.) 그의 그런 모습들이 싫지 않았다. 그의 주위에는 폴, 온통 폴, 전부 폴. 폴 외에는 침범할 수 없는 거대한 보호막이 있는 것 같았다. 오히려 내가 아주 그를 모르고 있었구나, 하는 생각이 들었다. 어쩌면 폴이 공연하는 날은 그의 '개인적인 인생'에서 제일 소중한 날일 수도 있었겠다. 그렇게 마침내, 폴 재너드가 노래했다. 아는 노래가 모르는 노래처럼 들렸고, 모르는 노래가 아는 노래처럼 들렸다.

우리 좌석은 그라운드 바로 뒤쪽이었다. 전년도와 전, 전년도 일기예보까지 톺아 봤기 때문에 비가 올 수도 있을 거라고 예상했고, 그라운드석을 예매했다가 스탠딩처럼 변해버리면 좌석의 구분이 없을 것 같아서 일부러 P석 앞쪽을 예매했다. 좋은 선택이었다. 시야도 환했고 무대가 정면으로 보여서 놓치는 장면도 없었으니까. 우리 앞쪽으로는 고등학생처럼 보이는 여자애들과 불륜처럼 보이는 중년 커플, 대각선으로는 칠십 이상은 되어 보이는 노부부가 앉았는데 기분이 묘했다. 수많은 페스티벌과 단공을 갔지만 이렇게 세대의 구분 없는 공연은 난생처음이었다. 폴이 두어 곡을 채 부르기도 전에 내 머리칼과 팬클럽이 나눠준 종이 피켓이 젖기 시작했다. 비였다. 우리는 준비해 간 우비를 꺼내 입었다. 나는 노란색, 그는 파란색이었다. 온통 흰 우비 사이에 우리 둘만 그런 색이었다. 이것도 파랑의 생각이었다. 나는 당연히 우비를 나눠 줄 테니 짐을 줄이고 거기서 나눠주는 것을 입자고 했는데, 그가 질 나쁜 우비를 입고 공연을 보고 싶지 않다며 비싸고 튼튼한 것으로 준비했다. 내가 얼마 만에 우비를 입고 공연을 봤더라? 내가 아직 십대였고, 세상의 전부가 아이돌이었던 때. 덕질을 하지 않으면 살 수 없을 것만 같았던 때. 아니면 마지막으로 갔던 페스티벌에서였나?

그때 노부부가 자리에서 일어났다. 나는 그들이 빗줄기를 이기지 못하고 집에 갈 거라고 생각했다. 그런데 그들도, 다른 모두도 우비를 입고 자리에 다시 앉았다. 거의 아무도 공연장을 떠나지 않았다. 이상했다. 피가 끓고 울컥했다. 모두가 한 곳을 보고 있었다. 와 다들 이렇게 볼 수 있는 사람들이었구나. 이렇게 하나가 될 수 있는 사람들이라니. 폴은, 정말이지 엄청난 아우라였다. 저런 사람이 되고 싶다고 부럽지도 못했다. 세상에 있는 단어로는 표현할 수 없을 것 같았다. 가장 비슷한 감정은 경외감이었다. 폴의 목소리가 비처럼 비닐을 두드렸다. 빗방울이 음악의 리듬 같았다. 음이 없는 주술 같았다. 나는 눈을 감았다. 그런데 그때 아빠가 떠올랐다.

아빠라니, 정환씨라니.

아빠가 스마트폰을 바꾸던 날, 나는 무심코 물었다. "아빠 왜 하필 음질이 좋은 폰을 골라달라고 했어?" 아빠와 다시 만나고, 겨우 낯이 익기 시작했을 때였다. 내가 알던 아빠는 유행이나 전자기기에는 도통 관심이 없는 사람이었다. 스마트폰을 바꿔야 할 때는 최대한 기곗값이 저렴하고 부가서비스가 덜 붙는 것을 골랐다. 우리가 함께 살 때의 아빠는 그랬다. 아빠는 잠시 생각하다 "배호의 노래가 듣고 싶어서."

라고 답했다. 뜻밖이었다.

그날 밤, 아빠는 내가 설치해 준 음악 앱을 통해 배호의 곡들을 밤새도록 들었다. 나는 책상에 앉아 아빠의 뒷모습을 바라봤다. 배호의 노래가 집안을 가득 채웠다.

돌아가는 삼각지마다
아쉬운 이별만 남겨 놓고
돌아서서 흘리는 눈물 속에
떠나버린 사람을 생각하며

그때의 아빠는 내가 알던 사람이 아니었다. 나에게 보여준 적 없던 슬픔과 고독이 아빠의 뒷모습에서 느껴졌다. 아빠는 노래를 듣는 내내 말이 없었고, 나도 아무 말 하지 않았다. 우리는 그렇게, 노래 한 곡으로 침묵을 나누었다.

"이어폰 줬잖아. 블루투스 연결 방법 다시 알려 줘? 왜 자꾸 다 들리게 들어?"
"아니 이게 자꾸 잘 안되네."
"이게 돌아가는 삼각지야?"
"응."
"엄청 간드러지는 목소리네, 미스터 정환. 이런 노래 좋아했어?"

그날은 친부의 존재를 확인하고, 이제 누구에게도 기대지 않겠다고 양부와 엄마에게 선언하고서 독립을 추진했던 내가, 그렇게 한국으로 돌아와 아빠를 다시 만나고도 손 한번 꽉 쥐어보지 못했던 부녀가 온전히 함께 보낸 처음이자 마지막 밤이었다. 아빠는 모니터만 바라보고 앉은 내 등 뒤에서, 블루투스가 연결되지 않은 이어폰을 어색하게 귀에 꽂은 채, 밤새 배호의 노래를 한 곡 반복으로 들었다. 반쯤 열린

반지하 창문 틈새로 새벽에 떠오른 햇빛이 아빠의 오른쪽 귀에 핀 조명처럼 내리박히던 순간까지. 아빠는 이어폰을 빼고서, 간다는 말도 없이 책상 위에 엎드려 자는 척하는 내 등을 두 번 두드려주고, 새벽 첫차를 탔다. 새벽 첫차를 타고서 새엄마가 기다리는 집으로 돌아갔다. 그날 이후로 종종 나는 내 뒤편에 모로 누워있던 아빠가 섬광처럼 떠올랐다. 그러나 그 기억은 오래된 침묵처럼 금방 가라앉았다.

3

포털 사이트를 뒤덮었던 '헤이 미아'의 플래시 이벤트에 대해 말하고 싶다. 더 로드스의 한국 팬클럽이 주도한 이 이벤트는 폴 재너드가 '헤이 미아'의 클라이맥스를 부를 때 관객 모두가 스마트폰 뒷면의 플래시를 폴을 향해 비추기로 한 것이었다. 당연히 아티스트에겐 비밀이었다. 팬클럽은 공연 전부터 플래시 이벤트에 참여해달라는 한글 현수막과 피켓을 들고 공연장 안을 조용히 행군하며 웃었다. 그러나 나는 내리치는 비 때문에 핸드폰이 젖을 걱정에 잠겨 지퍼팩에 넣어둔 스마트폰의 상태를 때때로 더듬거리느라 정신이 없었다. 하지만 결국 나도 모르게 꺼냈다. 정신을 차리고 주위를 둘러봤을 때 그라운드나 P석 뿐만이 아니라 3층 및 전 관객이 휴대폰을 꺼내 비를 맞든 말든 플래시를 켜고 폴을 향해 비추고 있었다.

그건 정말이지… 장관이었다. 온통 깜깜했고, 발밑, 위, 양옆, 정면, 모두 별빛으로 가득 차 있었다.

"여기 공연장이 아니라 은하 같아."

파랑이 말했다. 나는 조용히 고개를 끄덕였다.

"우주 같아."

파랑도 고개를 끄덕였다.

분명히 은하수를 밟고 별 사이에 앉아 있는 것만 같았다. 아닐 리 없었다. 폴의 목소리가, 별들이 하프에 부딪히는 소리처럼 들렸다. 내가 폴과 함께 있다니, 그와 같은 궤적 속에서, 그 순간 같은 장소에서 같은 시간을 공유하고 있다는 사실에 눈물이 났다. 나는 폴을 잘 모르는데도 그랬다. 모두가 '헤이 미아'를 따라 부르는 사이, 78세라는 나이가 믿기지 않을 정도로 파워풀한 공연을 보여줬던 폴이 노래를 멈추고서 우리 쪽을, 관객석을 빤히 쳐다봤다. 그리고 자신의 가슴을 두 번 두드렸다. 다시, 손 키스를 날렸다. 그리고 못 참겠다는 듯 뒤돌아서 한참을 서 있었다. 노래의 후렴구는 오랫동안 끝나지 않았고 나는 그 시간이 영원히 지속될 거라고 순간 생각했다. 그렇게 믿었다. 진심으로 끝나지 않을 것 같았다. 그건 정말이지 이상한 경험이었다. 몇만 명의 사람들과 있었는데 혼자 있는 것만 같았다. 혼자라는 기분이 들자 수많은 사람들의 목소리가 들렸다. 우주에서, 이

온 우주에서. 갑자기 눈물이 났다. 잘 써지지 않는 문장과 머릿속에선 천 번이고 완성했던 미완성의 소설 생각도 났다. 나는 폴의 노래를 들으며 애써 소설과 나에 대해 생각하지 않으려고 노력했다. 왜 그런 생각이 나는지 이해할 수 없었다. 나라는 존재가 무중력 혹은 진공의 상태로 있으면 좋겠다는 바람뿐이었다. 그렇지만 그 순간 아빠, 아빠, 아빠가 생각났다. 폴 재너드의 목소리가, '헤이 미아'의 후렴구가 '나나나나'하고 울리는 동안, '나나나나'와, 배호를 좋아하는 나의 아빠. 이미 죽은 배호의 노래를 좋아하는 나의 늙은 아빠.

아빠.

스물아홉 살에 스물한 살의 엄마를 만나서, 나를 만든 아빠. 그리고 열일곱 살에 엄마와 헤어진 아빠. 다시 오늘, 스물아홉 살의 나.

아빠 나 오늘 잘 모르겠는 사람의 공연을 보고 왔어.

워드에 첫 문장을 적어 내려가던 중 파랑이 깼다. 파랑의 눈두덩이가 퉁퉁 부어 있었다. 커피 내려 줄까? 묻자 그가 천천히 고개를 저었다. 공연을 보고 집으로 돌아오는 택시 안에 파랑은 내내 말이 없었고, 옷도 갈아입지 않은 채 침대에 바로 누워 조용히 흐느끼다 겨우 잠들었다. 그런 연인의 모습이 지독하게 생경했다. 무슨 말을 건네야 할지 모르겠어서 한참을 함구했던 나는 겨우 입을 열어 말했다.

"파랑아."
"응?"
"우리 아빠 말이야."
"응."

"배호를 많이 좋아했던 것 같아. 그리고 너도 더 로드스를 내 생각보다 더 많이……."

"좋아하는 것 같아?"

"왜 내가 잘 아는 사람들이 모르는 사람처럼 보일 때가 있잖아. 너무 멀게 느껴지는 순간들, 나는 나를 제일 좋아한다고 믿었던 사람들이 다른 걸 '더' 좋아하는 모습을 목격하는 순간 그런 기분을 느끼는 것 같아."

"그래서 서운했어?"

"아니 '더'라는 표현은 좀 그렇고, 확실히 '오래' 그리고 '원래' 좋아했을 것 같아. 그러니까 더 좋아하는 마음은 오래 좋아했고 원래 좋아하는 마음을 이길 수 없는 것도 같아."

"그런 걸까."

"평생 혼자 간직되는 좋음은 누구에게나 있겠지. 파랑아 나는 그렇게 원래, 오래 좋아하는 게 있었던 사람들이 왜 이렇게 부럽고 질투가 날까?"

"너도 좋아하는 거 많잖아."

"아니다. 정확하게 말하면 원래, 오래, 좋아하는 대상이 되고 싶었던 걸까. 좀 비밀스럽더라도."

"내가 너를 좋아해."

"원래, 오래?"

파랑이 훌쩍이기 시작했다. 그는 등을 돌리고 누웠다. 연인이 된 후로 처음 있는 일이었다. 이윽고 엉엉 소리내어 울었다. 무리에서 외떨어져 길을 잃고 홀로 남은 짐승이 우는 소리 같았다. 파랑의 등을 힘껏 끌어당겨 안아보려다가 말았다. 그렇게 하고 나면 도저히 파랑과 헤어질 수 없을 것 같았다.

4

파랑과 이별한 후 나는 더 로드스의 팬이 되었다.

아니 정확히 말하자면 '헤이 미아'라는 곡의 팬이 되었다. 나와 이름은 같고 나이는 많을 미아씨를 떠올리며. 나처럼 모르는 사람들 사이를 떠돌고 떠돌다가 어딘가에 있을 미아씨를 떠올리며. 그렇게 파랑에게 전화하고 싶어질 때마다, 파랑의 SNS 계정이 보고 싶어질 때마다 '헤이 미아'를 들었고, 진 매커드의 딸이었던 '미아'의 행방을 검색하곤 했다. 무언가에 중독된 사람처럼, 이 노래가 없으면 불안해졌다. 처음에는 파랑을 생각하지 않기 위해서였다. 그다음에는 그가 좋아했던 것을 나도 이해하고 싶었기 때문이었다. 하지만 곧 깨달았다. 내가 파랑을 이해하려고 했던 것은, 어쩌면 나 스스로 이해받고 싶었기 때문일지도 몰랐다.

진 매커드의 딸, 미아에 대한 자료를 찾기 시작한 것도 그 무렵이었다. 미아의 인터뷰를 우연히 보게 된 것은 더운 여름밤이었다. 그녀는 서른이 넘은 지금, 런던 외곽의 작은 집에서 평범한 직장인으로 살아가고 있었다. 기자가 물었다. 아버지의 유명한 곡 때문에 부담스럽지는 않았냐고.

미아가 짧게 침묵하다 말했다.

"사람들은 모두 아버지의 곡을 듣고 저를 이해한다고 말했어요. 그런데 사실 아무도 저를 몰랐죠. 노래 속 '미아'는 내가 아니었어요. 그저 제 이름을 빌린, 아버지의 슬픔일 뿐이었죠."

노트북 화면을 오래 들여다봤다. 그때 처음으로 진 매커드가 불렀던 '헤이 미아'의 가사를 제대로 읽어봤다. 미아를 위로하기 위해 지어졌다는 이 노래의 가사는, 사실 단 한 번도 진짜 미아를 위로한 적이 없었다. 그저 자신을 떠난 아이에게 미안함을 표현하는 아버지의 후회와 죄책감만 반복할 뿐이었다.

그제야 파랑이 흐느껴 울었던 이유를 알 것 같았다. 그는 자신을 이해하는 사람이 아니라, 자신이 이해하고 싶은 대상을 찾아 그 공연장에 갔던 것이다. 문득 궁금해졌다. 파랑이 사랑했던 건 나였을까, 아니면 자신도 닿지 못했던 어떤 세계였을까.

나는 파랑과의 지난 시간을 천천히 떠올렸다. 그와 함께했던 순간이 진짜였다고 믿었지만, 결국 나는 그를 제대로 알지 못했다. 그 역시 마찬가지였다. 우린 서로를 이해했다고 믿었지만, 어쩌면 단 한 번도 진짜 서로에게 닿지 못한 채, 서로에 대한 착각과 기대만 쌓아왔던 것인지도 몰랐다.

모든 관계가 그런 것인지도 모른다. 우리는 타인을 이해했다고 쉽게 믿지만, 어쩌면 그건 아름다운 오해였는지도 모른다. 이해라는 이름으로, 오해를 반복하며 살아갈지도 모른다.

미아도, 파랑도, 아빠도, 그리고 나 자신마저도.

나는 창밖으로 눈을 돌렸다. 멀리 도시의 불빛이 반짝이고 있었다. 마치 그날 밤 공연장의 수많은 플래시 불빛처럼. 그 빛 속에서 혼자 외롭게 서 있던 폴 재너드의 뒷모습을 떠올렸다. 그날의 그는 누구를 향해 노래했을까. 아마 나도, 그리고 미아도 아니었겠지. 결국 누구도 서로를 진정으로 알 수 없을 테니.

5

나는 아빠를 잘 몰랐다. 자주 만나지 않아서였을까. 내 쪽에서 아빠를 만나러 가는 건 일 년 한두 번, 명절 연휴 중 고작 반나절 정도였다. 상냥한 새엄마와 침묵하는 아빠와 겸연쩍은 나, 우리 셋 사이에는 좁힐 수 없는 거리감이 있었다. 적막이 감돌았다. 어색한 날들이 반복되던 어느 오후, 아빠의 서재 책상 위에서 오래된 액자 하나를 발견했다. 액자 안에는 젊은 시절의 배호가 마이크를 잡고 환하게 웃고 있는 사진이 들어 있었다. 사진 아래엔 희미해진 사인이 있었는데, '정환씨에게, 배호 드림'이라는 글씨가 흐릿하게 남아 있었다.

"아빠, 배호랑 아는 사이야?"

"모르는 사인데."

내가 액자를 들고 거실로 나오자 아빠는 깜짝 놀라며 웃었다.

"아빠 젊었을 때 배호 공연장에서 직접 받은 거야."

아빠의 얼굴이 밝아졌다. 그는 내가 물어보기도 전에 옛날 얘기를 이어갔다.

"그 시절엔 내가 대학생이었거든. 공연장에서 배호 노래를 처음 들었을 때, 그 목소리가 너무 슬퍼서 계속 귀에 남았지. 공연 끝나고 사람들 다 나갔을 때 무대 뒤로 찾아갔어. 겨우겨우 만나서 사인을 받았지. 경비가 어찌나 삼엄하던지. 그래도 운이 좋았어."

나는 아빠의 이야기를 들으며 처음으로 그의 내면을 제대로 보는 기분이었다. 배호의 노래는 아빠에게 지나간 청춘과 이루지 못한 꿈, 아빠 자신의 그리움 그 자체였던 것이다.

그날 밤 나는 다시 혼자 배호의 노래를 틀었다. 「돌아가는 삼각지」가 방 안을 채웠다.

돌아가는 삼각지마다
아쉬운 이별만 남겨 놓고
돌아서서 흘리는 눈물 속에
떠나버린 사람을 생각하며

아빠의 젊은 시절과 배호의 슬픈 목소리가 어우러져 내 방 안을 가득 채웠다. 그리고 나는 비로소 깨달았다. 나는 배호가 아니라 엄마에 대해 묻고 싶었다. 말하자면 엄마를 죽도록 사랑했다던 아빠에 대해 묻고 싶었다. 엄마가 속절없이 사랑했다던 그 시절의 아빠에 대해 묻고 싶었다. 왜 헤어져야 했는지 묻고 싶었다. 죽어서 이별한 게 아니라 더 이상 사랑하지 않아서 헤어졌다는 것을 도저히 믿을 수 없었다. 나는 알 수 없고 겪을 수 없는 둘의 과거를, 지나간 시간을 묻고 싶었다. 그러나 묻지 못했다. "왜 헤어졌어?" 한마디를 하지 못했다. 나는 아빠를 이해한 척하며 배호의 노래를 들었지만, 사실은 하나도 이해하지 못했다. 그러므로 내가 깨달은 것은 우리가 타인을 이해했다고 믿었던 순간들이란, 어쩌면 그저 우리의 기억과 바람이 투영된 아름다운 착각이었을지도 모른다는 사실이었다.

*

<이터널 선샤인>을 보며 소맥을 말아 마시다가 파랑에게 전화를 걸었다. 충동적이었다. 3년을 꼬박 연애하고, 폴 재너드를 보고 와 이별한 때로부터 4개

월하고도 2일째 되는 날이었다. 미셸 공드리 감독의 로맨스 영화 <이터널 선샤인>은 영화 취향이 달랐던 파랑과 내가 유일하게 비슷한 결의 평을 내린 영화였다. 나는 기억을 지우고 싶을 만큼 증오하면서도 끝내 서로를 사랑해 마지않던 조엘과 클레멘타인의 서사 때문에 이 영화를 좋아했는데, 파랑은 기억을 지워주는 병원의 원장 하워드와 메리의 거듭된 불륜 때문에 영화가 마음에 든다고 말했다. 있잖아 파랑아 사랑은 잊기 위한 기억이 아닐까? 그렇게라도 버티지 않으면 인간은 아무것도 사랑할 수 없을지도 몰라. 자꾸 잊어야 또 좋아하고 또 좋아하지. 그런데 이상하지, 나는 절대로 잊히고 싶지 않아. 그러니까 너는 저런 상황이 닥쳐도 절대로 기억에서 나를 지우면 안 돼. 나를 오래, 아주 오래 좋아해 줘. 내가 말하자 파랑이 영화에 별점을 매기며 기가 막힌다는 듯 웃었던 것도 같다.

    여하튼 벨소리가 채 두 번을 울리기도 전에 전화

를 받은 파랑은 오래 참았네, 라고 말했다. 나는 대꾸를 하지 못하고 헤어지던 날의 파랑처럼 끅끅 소리를 내며 울었다. 파랑은 그 소리를 가만히 들어주었다. 나는 얼굴이 눈물과 콧물로 범벅이 되도록 한참 울었고, 쉰 목소리를 내며 겨우 한마디를 내뱉었다.

"나 좀 오래 좋아해 줘. 네가 좋아하는 것들 중에서 제일, 더 많이."

"우린 헤어졌잖아."

"알아. 그래도… 그럴 수 있잖아. 우린 애초에 만날 수 없었던 걸 좋아하기도 하잖아. 너는 더 로드스를, 나는…."

파랑은 한동안 말이 없었다. "넌 내가 좋아했던 첫 사람이야." 그가 말했다. "근데… 연인이랑 우상은 달라."

내가 다시 말했다.

"맞아 달라. 그러니까 나를 우상처럼 좋아해 줘.

그렇게라도 오래."

"좋아해달라는 말이 나는."

"응."

"좀 이해해 달라는 말로 들려."

"아니야."

"미아야 나는 이제 너를 이해해. 그렇지만 널 더 좋아할 수는 없어. 좋아하기엔 서로를 너무 잘 알잖아."

"아니야. 너는 나를 한 번도 이해한 적 없어."

파랑과의 전화를 끊고 난 뒤, 한참 동안 화면이 꺼진 스마트폰을 내려다봤다. 그의 마지막 말이 귓속에 오래 맴돌았다. 나는 한참을 가만히 앉아 있다가, 오랫동안 쓰지 못했던 문장을 떠올렸다. 누구도 누구도 누구도 서로를 진짜로 이해할 수 없다는 사실. 그래서 결국 오해하게 되어 누군가는 끝까지 오해를 거듭할 거라는 사실이 머릿속을 맴돌았다. 나는 노트북을 다시 켰다. 워드 문서 위에 커서가 깜빡이고 있었다.

'모르는 사람을 봤어.'

작가의 말

독자님에게

사실 저는 '이해이'라는 이름으로 신춘문예를 비롯해 다수의 문학상에 여러 번 소설을 투고했었고, 고배를 든 끝에 29살을 기점으로 습작하기를 접은 문청입니다. '도망친 곳에 낙원은 없다'라는 말을 어디서 본 것도 같은데요, 소설을 쓰며 도망치고 싶었던 순간마다 영화를 많이 봤더니 결국 영화평론가로 등단했습니다. 그런데 영화가 일이 되고 난 후부터 영화와 조금 멀어지고 싶어졌어요(…). 다시 소설을 열심히 읽게 되었습니다. 그랬더니 가가77페이지에서 소설 청탁을 주셨습니다. 감히 제가 소설을 써도 될지 순간 고민했어요. 오래 품은 꿈 앞에서 재능 없음을 목도하고 너무 크게 좌절했던 기억이 손가락을 붙들고 마음에 발을 걸더라구요. 낙원이라고 생각해 도망친 곳에서 만난 것들이 결국 저에게 시련도 기쁨도 안겨 주는 게 좀 재밌습니다.

이 소설은 제가 스물아홉 살 때 쓰다가 접은 이야기를 고쳤습니다. 문청으로 살길 포기하고 '이지혜'로 살기로 한 시점의 저를 끄집어내서 뒷이야기를 꾸역꾸역 적어 보았습니다. 그때의 해이가 쓰고 싶었던 이야기가 지금의 저로서는 이해되지도 않고 전부 기억나지도 않아서, 대부분 새로 적었습니다.

이야기를 해석하고 덧붙여 의미를 만드는 비평가의 삶을 사랑해 마지않지만, 여전히 창작하는 분들을 경애하고 존경합니다. 마음속에 품은 문장과 서사는 이만큼 앞서나가 있는데 제가 실제로 꺼낼 수 있는 이야기는 스스로의 기대에 조금도 미치지 못해 쓰는 내내 괴로웠습니다. 남의 이야기를 평가하는 데 있어서 좀 더 신중해야겠다고 새삼 다짐했습니다. 그리고 한편으론 이렇게라도 접었던 꿈의 조각을 이어볼 수 있어서 다행입니다.

그러니까 포기하지 않고 자꾸 도망치면 비슷한 모양이라도 근처에 가 닿게 되는 걸까요?

언젠가 기회가 된다면 또 도망친 곳에서 더 큰 시련을 만날래요.

그래서 지금은 알 수 없지만 또 근사한 일을 해내고 싶어요.

모르는 일을 해내고 싶어요.

이해이가 시작했고 이지혜가 끝내게 된, 이 글을 읽어주셔서 고맙습니다.

소설가를 꿈꾸는 문청 이해이였던, 이지혜 드림.

이지혜(이해이)

영화가 삶을 바꾸지는 못해도, 세계관의 일부가 될 수 있다고 믿으며 평론을 짓는다. 지독한 사랑영화처돌이지만, '사랑'이라는 단어는 믿지 않는다. 책과 독립영화를 아끼고 한국문화를 연구한다.

파스칼

조혜림

진혁이 죽었다고 했다. 영원히 시들지 않을 것 같은 하얀 꽃들이 줄지어 서 있는 장례식장 안으로 들어가자 상주석에 널브러진 그의 가족들이 부은 눈으로 윤희를 맞이했다. 조금의 부조금, 어색함과 슬픔이 엉킨 인사를 건넨 후 두 번의 절을 하곤 윤희는 장례식장 구석에서 육개장 한 그릇을 받았다. 윤희에게 진혁과는 친구냐고 묻는 옆자리에 앉은 노인의 목소리에서 찌든 담배와 커피 냄새, 옅은 자책이 묻어난다.

"네, 친구예요."

윤희의 대답에 노인은 말이 없다. 그저 짙은 슬픔이 서린 주름진 눈빛으로 고개를 끄덕일 뿐이었다. 시끌벅적한 장례식. 윤희는 이어폰을 꺼내 귀에 꽂은 후 육개장에 밥을 몇 술 말다 금세 자리에서 일어났다. 그리곤 발바닥 전체로 슬픔이 눅눅하게 배인 장판을 느끼며 신발장 앞에 섰다. 윤희는 잠시 고개를 돌려 상주석 앞 진혁의 영정 사진을 본다. 몇 년 만인지도 모르겠다, 그와 헤어진 지. 검은 지장으로 기억 속 그의 얼굴을 문질러 지운 지 아마도 9년쯤 됐을 것이다. 그의 이름이 메아리치는 허무한 울음 가운데 놓인 회색빛 영정 사진 속 진혁의 얼굴에선 성자와 같은 자비로움과 용서가 느껴진다. 진혁의 자비가 토해낸 윤희의 죄책감은 그녀가 그를 죽였다는 것을 확실시하는 것만 같았다.

"내가 널 죽인 것 같아. 아니, 죽인 게 맞아."

윤희가 고개를 숙인 체 작은 목소리로 단정적인 문장을 읊조린다.

큰 교통사고였고, 음주 운전 사고였다. 진혁의 차를 들이박은 운전자의 혈중 알코올 농도 0.169%. 아침 뉴스에 나올 만큼 큰 사고였다고 단톡방 속 윤희의 동창들은 호들갑을 떨며 진혁의 죽음에 대해 이야기했다. 신발에 발을 구겨 넣고 접객실 앞 방명록을 바라보던 윤희는 두 사람이 헤어졌던 9년 전 여름날을 떠올린다.

"미안해."

진혁과 연애했던 날들, 윤희는 진혁과의 사랑에 침윤되어 세상엔 오직 그뿐이라고 생각했다. 하지만 이제 와서 소회를 털어놓자니 그 짙은 사랑에서 도망가고자 이별을 통보한 건 진혁이 아닌 윤희였다. 증오가 사랑을 삼켜 윤희가 이별을 말하던 날, 진혁은 그녀의 집 앞 계단에서 1시간을 울었다. 그리고 9년 전 그들이 헤어졌던 여름날처럼 윤희는 장례식장 계단에 주저앉아 1시간을 울었다. 윤희는 눈물을 닦고 아직 조금 차가운 밤공기 속에 뜨거운 숨을 내쉬며 오늘 하루에 대해 생각하며 집으로 발걸음을 옮겼다.

퇴근 시간이 훨씬 지났음에도 불구하고 번잡하

기 그지없는 금요일 밤의 지하철. 장례식장을 나와 집으로 가기 위해 윤희가 탑승한 지하철에는 유명 B 포털사이트가 제작한 AI 프로그램 '헤르메스'의 광고가 온 벽에 정신없이 붙어 있었다.

'당신의 이야기를 듣고, 당신을 위해서 사는 존재 AI, 그 이상의 소울메이트 <헤르메스>'

얼마 전 전 회사 동료들과 함께한 저녁 모임에서 B포털사이트로 이직에 성공한 윤희의 전 동료 A가 '헤르메스' 관련 데이터 사이언스 팀에서 일한다고 했었다. 그냥 데이팅 앱이나, 아이폰의 SIRI와 무엇이 다르냐며 묻는 윤희에게 A는 마치 자신이 본 시스템의 최초 개발자이기라도 하듯 장황하게 '헤르메스'의 기능을 전 회사 동료들에게 프레젠테이션했다.

"이 프로그램은 기존 서비스들과는 기본 데이터베이스 수집 체계부터 달라. 헤르메스는 유저들이 가입할 때 체크한 기본 취향을 베이스로 유저의 SNS, 블로그 글들을 검색한 후 취향을 분석하고 자신과의 대화를 기록해 대화를 나눠. 그냥 기계랑 이야기하는 챗봇이 아니라 인간과 프로그램이 진짜 '대화'를 나누고 그 '대화 기록'을 클라우드화한 후 그 '대화에 대해서' 또다시 이야기를 하는 거지. 자신이 유저와 매칭되는 대화 상대가 될 수 있도록. 물론 유저가 원하면 자신이 서치한 유저와 비슷한 다른 유저를 매칭하고 어드바이스 해주기도 해. 즉 어떠한 방식으로든 '소울메이트'를 찾아 준다랄까."

'소울메이트.'

윤희는 친구가 많지 않았다. 오늘 첫 상담을 시작한 신경정신과에서는 윤희에게 새로운 사람들을 좀 더 많이 만나보라고 했었다. 그리고 세상의 모든 무관심으로 무장한 것마냥 새하얀 가운을 입은 의사의 입을 빌어 그녀를 '범불안장애' 환자라고 명명했다.

"범불안장애."

어린 시절, 윤희는 길을 잃은 적이 있다. 윤희의 어린 시절에 고향이라는 말은 존재하지 않는다. 이사가 잦았던 윤희의 집, 윤희가 길을 잃었던 그날도 새 동네에 이사한 지 일주일이 되지 않았던 날이었다. 새로운 동네를 한 바퀴 돌아보고자 엄마의 손을 잡고 길을 나섰던 오후 3시. 초여름의 더위를 이기지 못하고 땀이 차는 엄마의 손과 자신의 손을 떨어뜨린 순간 그녀는 길을 잃고 말았다. 어린 윤희는 엄마와 새로 이사한 집을 찾아 낯선 길목과 골목 안을 정처 없이 뛰고 걸었다. 하지만 아무리 걸어도 그녀의 눈앞에는 막다른 길이 섰다. 더위에 지친 윤희는 벽 앞에 주저앉아 울지도 않고 그 벽을 십여 분 정도 뚫어져라 바라보았다. 그때 윤희는 분명 검은 물때 비스름한 것을 벽 위에서 보았다. 그리곤 뭔가 아주 오래된 잘못을 들켜버린 기분이 들었다. 물때를 바라보는 내내 윤희는 어렴풋이 그것이 '이건 네가 만든 것'이라고 말하고 있는 것 같았다. 길을 잃은 것도, 울 수조차 없던 것도, 그렇게 주저앉은 자신도 다 자신이 만들어낸 세계의 균열처럼 느껴졌다. 그날 이후로 윤희의 어린 시절 추억 한쪽마다 지워지지 않는 물때처럼 검푸른 흔적들이 구석에서 일렁였다.

"그건 물귀신 같은 것이었을까요?"

윤희의 질문에 의사는 모호한 표정을 지으며 길을 잃었을 때 버려질지도 모른다는 '트라우마'가 물귀신과 같은 초현실적인 매체로 기억 속에서 발현되는 것 같다고 말했다. 또한 진혁을 포함하여 윤희가 죽였을지 모를 사람들에 대해선 세상에 '증오'란 감정만으로 사람이 죽는 일은 절대로 일어나지 않는다며, 너무나도 가볍게 그녀의 끔찍한 죄책감에 정당방위성 '무죄'를 선고했다. 그리고 그녀의 불안을 '스트레스'란 흔한 단어로 정정했다.

윤희가 배가 아파 병원에 가면 의사는 스트레스가 원인이라고 했다. 속이 쓰려, 생리통이 심해서, 두

통이 와서 병원에 가면 언제나 의사는 스트레스 때문이라고 했다. 왼쪽 귀에서 잡히지 않는 라디오 주파수 소음 같은 가는 소리가 울리고, 오른쪽 귀에 에어백이 터진 것처럼 압이 팽창해서 아무것도 들리지 않던 순간에도 의사는 시니컬한 표정으로 '스트레스성 난청'이란 단어를 내뱉었다.

"스트레스."

그 단어를 또다시 눈앞에 마주하자 윤희는 괜스레 눈물이 났다. 자신의 증오로 사람이 죽었다. 그럼 스트레스가 사람을 죽게 만든 것일까? 영화나 소설에서 종종 어떠한 특별한 능력을 가진 사람들이 나온다. 나도 그런 사람들 중 한 명일까? 끔찍한 증오로 물들었던 밤들, 내가 경멸하던 누군가가 나의 증오로 죽었다. 윤희가 찌푸린 얼굴로 눈물을 두어 방울 무릎 위에 떨어뜨리자 의사는 아이를 달래는 말투로 스트레스를 '범불안장애'란 단어로 정정한다. 범불안장애란 위협적이고 묵직한 병명이 그녀의 이름 앞에 적

히자 심신 미약으로 형이 감면된 피의자처럼 윤희는 죄책감이 조금이나마 덜어지는 기분이다.

"범불안장애."

윤희는 입에 잘 붙지 않는 정신병력을 소리 내 발음한다. 그리고 벽에 붙어있는 광고의 문구를 이어 발음한다.

"소울메이트."

TV나 영화에서 수없이 들어왔지만, 그녀의 세상에는 존재하지 않는 단어. 윤희는 '헤르메스'의 광고가 붙은 벽을 잠시 동안 빤히 바라보다 핸드폰을 열어 쇼핑 사이트에서 '헤르메스'를 구매했다. 지하철 안에는 사람이 여전히 많았고, 사람들에게서 이리저리 밀려 타의로 몸을 움직이다 보니 결재용 얼굴 인식이 어려워 3번이나 다시 결제를 해야 했다.

이틀 후 '헤르메스'가 윤희의 집에 도착했다. 설치 및 가입 방법은 무척이나 간단했다. 일반 OTT서

비스들과 마찬가지로 페이스북을 연동해 가입하고, 윤희가 좋아하는 것들 '위스키', '데이빗 핀처', '라스 폰 트리에', '무라카미 류', '라디오 헤드', '루 리드' 등을 클릭한 후 아이디를 생성하니 모든 절차가 끝났다. 스스로 행동하는 안드로이드 로봇도 나오는 판국에 이렇게 수동적인 프로그램은 시대에 뒤떨어진 게 아닌가란 생각을 잠시 했으나 연이어 '반갑습니다.'라고 말하는 헤르메스의 목소리에 놀라 윤희는 앞선 생각을 지웠다. 여성의 목소리를 가진 헤르메스는 추가로 몇 가지 질문을 이어갔다. 대화의 목적이 무엇인지, 원초적으로 원하는 것이 있는지. 예를 들어 섹스 파트너, 데이트 메이트와 같은 것을 원하는 건 아닌지 물었다. 기준이 모호하지만 섹스 파트너를 찾는 것은 금지, 진지한 데이트 상대를 찾는 것은 가능하다는 애매모호한 헤르메스의 설명에 윤희는 잠시 웃었다.

"실존적인 결속이 섹스에 메인 관계가 필요한

건 아니야."

헤르메스는 윤희가 체크했던 버번위스키와 라디오 헤드의 보컬 톰요크에 대해 잠시 이야기를 꺼냈다. 하지만 윤희는 곧이어 위키피디아처럼 사전적 지식만 가진, 책으로만 모험을 해본 똑똑한 히키코모리와 대화하는 느낌이 들었다. 그리고 시간이 흐를수록 컴퓨터와 대화를 나누고 있는 스스로가 조금 초라한 기분이 들어 헤르메스에게 '사람'을 매칭해 달라고 부탁했다. 헤르메스는 아쉬운 듯 수다를 종료하고 추가적인 질문을 던졌다.

"지금 원하는 '사람'은 처음에 당신이 선택한 '좋아하는 것들'과 비슷한 것을 좋아하는 사람인가요?"

헤르메스의 질문에 윤희는 앞의 선택한 것들을 모두 삭제하고 나와 가장 관계가 없을 것 같은 사람을 매칭해 달라고 요청한다. 그녀는 지쳐 있었다. 비슷한 취향, 유사한 사고, 맞물리는 문장 속에서 오래 머물수록 자기 내부의 세계가 닫히고 있다는 감각.

그곳은 너무 익숙했고, 그래서 더 위태로웠다. 현실은 더 이상 새로운 것이 아니었고, 모든 만남이 예측 가능한 구조 속에서 재생되는 꿈처럼 느껴졌다. 그리고 꿈은, 그녀에게 늘 어떤 죽음의 예감을 남겼다. 그래서 지금 윤희가 필요로 한 것은 취향이나 지식이 아닌, 아주 단순한 육체의 증거였다. 뭔가를 잘 안다고 착각하지 않으며, 현실의 지면에 발을 대고 숨을 쉬고 있는 낯선 사람의 온기. 지금 윤희에게 필요한 건 단순한 인간적 신뢰가 가능하고 대화 시 지금이 꿈이 아닌 현실임을 직시 시켜줄 '숨소리'가 들리는 메이트가 필요했다.

윤희는 헤르메스의 요청에 따라 어떤 아이디를 만들까 잠시 고민하다 '파스칼'이란 이름의 아이디를 만들었다. 문과인 윤희는 아예 자신과 다른 사람 같은 아이디를 만들고 싶었고, 어디서 주워 들었던 수학자의 이름 '파스칼'을 차용해 아이디를 만들었다.

그래서인지 처음엔 '로피탈'과 같은 수학 관련 닉네임들을 헤르메스가 매칭시켰으나 윤희는 당황한 나머지 '거절'을 내뱉었다. 5번 정도 여러 아이디가 매칭됐으나 윤희는 첫 채팅의 어색함을 이기지 못하고 '거절' 혹은 '나가기'를 연거푸 말했다. 그러다 잠들기 전 마지막에 매칭된 상대는 'HYEIN'이란 아이디의 유저였다.

"안녕하세요?"

스피커를 통해 흘러나온 목소리는 여성이 아닌 살짝 목을 긁는듯한 남자의 저음이었다. 딱히 데이팅 목적으로 가입한 게 아니었고 'HYEIN'이란 이름이 매칭되자 여자가 차라리 더 편할 것이라 생각하고 수락했던 윤희였던지라, 낯선 남자의 목소리는 그녀를 적잖게 당황하게 했다.

'HYEIN'은 샌프란시스코에 사는 블록체인 개발자였다. 지구 반대편에 있는 사람이 매칭됐다는 것,

지구 반대편에 있는 상대이기에 철저히 자신을 알지 못하는 것. 자신과 전혀 관계가 없는 업계의 사람이라는 호기심과 익명성이 윤희의 마음과 입을 쉽게 열게 했다. 아마 'HYEIN'도 윤희와 마찬가지였을 것이다. 서울의 음악회사에 종사한다는 윤희의 말에 안도감이 녹아있는 헤르메스 너머의 미세한 한숨이 귓가에 촉감처럼 느꼈기 때문이다. 왜 '혜인'이란 여자의 이름으로 아이디를 만들었냐는 윤희의 질문에 '혜인'은 첫사랑의 이름이며 자신보다 더 나은 사람을 만나 자신을 떠났다고 마치 오래전에 읽은 소설의 줄거리를 요약하듯 그는 대수롭지 않은 말투로 대답했다.

"넌 나를 사랑하지 않아. 넌 내가 사라질까 봐 불안한 거지."

그 말은 은찬에게 일종의 저주처럼 남았다.

그는 지금껏 '사라지는 사람'을 떠올릴 때마다, 자신이 누구를 사랑한 적이 있었던가를 되묻곤 했다.

혜인은 그렇게 사라졌고, 그 이후의 모든 관계는 그 사라짐의 반복이었다. 그래서 그는 혜인의 이름을 아이디로 썼다. 잊지 못해서가 아니라, 지워버리면 자신이 증명할 수 있는 과거가 없다고 느껴졌기 때문에. 크리스천, 이혼남, 실리콘밸리의 블록체인 개발자. 헤르메스에서 'HYEIN'이란 아이디를 쓰는 남자, 본명 은찬은 이렇게 요약된다.

"신이 존재할 확률이 매우 낮을지라도 신의 존재를 믿는 편이 합리적이라고 생각해요."

은찬은 수학자 파스칼의 말을 인용하며 자신은 모태신앙이지만 독실하진 않다고 옅게 떨리는 웃음을 지었다. 그의 웃음소리가 마치 후두암 혹은 섭식장애로 인해 목에 비위관을 꽂은 환자처럼 피식피식 바람 새는 소리 같다고 윤희는 생각했다.

몇 년 전 은찬은 학부 시절 믿고 따랐던 대학 선배들과 함께 데이팅 앱을 개발하며 작은 오피스텔 방을 얻어 소규모 스타트업을 창업했었다고 한다. 지금 자신으로선 상상도 할 수 없지만 새로운 사람과의 만남과 대화를 좋아했었다는 은찬은 온라인에서 사람 간의 감정적인 신뢰 관계를 만들고 연결하는 그 일에 온 정신이 빠져 있었다. 그는 마치 신이 된 것 같은 기분이었다고 말했다. 요즘은 꽤 흔해졌고 TV나 영화관 광고로도 쉽게 접하는 데이팅 앱이지만, 당시에는 데이팅 앱 시장이 블루오션이었고 그 앱은 꽤나 인기를 끌었다. 어느덧 이만하면 성공이란 문턱의 발끝 정도는 닿은 것 같다며 자신이 창조한 가상의 세계에 빠져 있던 어느 날, 은찬과 창업 멤버들 간의 신뢰가 시든 꽃잎처럼 흩어졌다. 함께 창업했던 선배는 본 앱의 최초 본질인 '관계의 구축'이 아닌 '현금 결제 유도'로 노선을 바꿨다. 회사가 커지면서 수익화를 고려하는 건 당연했지만 은찬은 아직 많이 이르다고 생각했다. 거기다 앱에서는 원나잇이나 섹스 파트너, 성매매를 유도하는 글들이 눈에 띄기 시작했고, 이에 이의를 제기한 은찬에게는 매출과 MAU가 늘어야 투자자에게 어필이 된다는 욕심으로 범벅된 변명들만이 돌아왔다. 자극적이고 원초적으로 변해가는 앱의 기류를 은찬 외에는 그 누구도 제지하려 하지 않았다. 선배 및 창업 멤버들과의 불화는 결국 선배의 편에 서 있던 이사회의 압력으로 이어졌고 곧이어 은찬은 쫓겨나듯 회사를 나가야만 했다. 그렇게 관계에 대한 불신과 상처를 안고 회사를 나간 지 반년 정도 지났을 때였을까, 선배들이 그를 다시 찾아왔다. 은찬은 그들을 용서할 마음이 있었고, 진심으로 사과를 한다면 받아줄 용의가 있었다. 하지만 그의 바람과 달리 그들은 벤처캐피털에 후속 투자를 받으러 IR을 준비하는 중이라고 말하며 IR에 걸림돌이 되는 그의 지분을 반납하길 요청했다. 아니 사실 그들의 말은 협박에 가까웠다. 그들의 미래를 위한 축하연에서 불발된 쓸모없는 폭죽을 보는 것마냥 은찬을 향한 그들의 눈빛과 언행은 무례하기 짝이 없었다. 그나마 회사 재직 시 친분이 두터웠던 재무이사가 차분한 목소리로 은찬의 주식을 엑시트하면 꽤 많은 현금을 지급해 줄 수 있다고 회유했다. 배신감에 오랜 시간 불면증에 시달리기까지 했던 은찬은 더욱 분노해 그들의 딜을 거절했다. 하지만 배신당한 마음의 상처는 그의 일상에도 영향을 끼치기 시작했다. 그의 우울증과 예민함, 사람에 대한 불신은 점점 그를 둘러싼 모든 것에 기생충이 알을 까듯 빠르게 퍼져나가기 시작했다. 그의 우울증은 친구들을 멀어지게 하고, 부인과의 잦은 다툼을 유발했다. 결국 은찬의 분노와 슬픔, 정신 질환은 부부를 불화로까지 이어지게 만들었다. 일 년 후, 은찬은 결국 주식을 엑시트 하고 돈을 받아 부인과 일부를 나눈 후 홀로 샌프란시스코로 떠나왔다고 했다.

가상세계의 신은 사실 신의 벌을 받은 프로메테우스에 더 가까웠다. 인간에게 외로움을 벗어날, 좀 촘한 관계를 선물하고 끝없이 기생충에 파먹히는 남자. 은찬의 비극적 서사 뒤에 이어진 미지수란 침묵 속에 윤희는 어떠한 답을 넣어야 대화가 이어질지 고민한다. 간단한 사칙연산도 풀지 못하는 아이처럼 당황하던 그녀는 자신의 이야기를 고해하는 답을 선택한다.

" HYEIN은 첫사랑의 이름이군요."

그녀의 얼굴 위로 오답을 알리듯 쏟아지는 어색함의 빗금들. 텅 빈 괄호 같은 은찬의 침묵.

"아… 그게, 갑자기 이런 말 하면 당황스러우시겠지만, 며칠 전에 제 첫사랑은 죽었거든요. 물론 그의 이름이 파스칼은 아니에요."

진혁의 침묵 속에 윤희는 말을 거둔다. 그는 자신을 향한 연민이 아닌 상대방의 더 큰 슬픔이란 오답에 어떤 식으로 위로 혹은 대화를 이어가야 할지 고민하고 있을까? 윤희에겐 오래전 깊은 사랑이란 관계로 묶였던 존재, 하지만 은찬에겐 대답하기 곤혹

스러운 사실의 전달. 당황했을 은찬의 침묵을 끝내기 위해 윤희는 잠이 오지도 않으면서 급히 졸립다는 말로 대화를 종료한다. 윤희는 흘러내리듯 침대 위에 몸을 쏟아 베개에 얼굴을 파묻고 눈을 꿈뻑꿈뻑 움직여본다. 그리고 그녀의 어린 날, 진혁과 함께 서 있었던 어린 날들을 떠올리며 잠을 청한다.

그래, 그 남자아이. '진혁'. 윤희의 기억 속에는 아직 피케 셔츠의 앞 단추 2개를 풀고 살짝 그을린 피부를 가진 어리숙한, 소년과 청년 사이의 풋풋함이 묻어있는 남자. 그런 그가 어느새 다 자라 죽음을 맞이했다는 것이 윤희는 새삼 놀랍다.

진혁은 윤희의 첫사랑이었다. 서로 많이 닮았고 그녀 이상의 사랑의 열기가 넘쳤던 남자와의 관계는 윤희를 빠르게 녹여냈다. 끓는 점이 낮아 쉬이 타오르고 사방에 불꽃을 흩날리는 성격을 가진 어린 윤희는 뜨겁게 탐하는 연애만이 진정한 사랑일 거라 생각했고, 그런 진혁이 자신의 이상적 사랑의 정의와 닮았다고 생각했다. 하지만 그 시절 진혁 역시 윤희만큼 어렸고 사랑에 대한 자신만의 이상이 컸다. 진혁은 사랑에 서툰 윤희를 그의 사랑의 형태 속에 끼워 맞추고 싶어 했다. 멍이 들 정도로 윤희의 팔목을 세게 잡아당기고, 끝없이 그녀를 찾고 부서져라 그녀의 몸을 껴안는 진혁의 모습이 그녀의 눈 속에서 종종 뒤틀린 형태로 비치기도 했다. 하지만 윤희는 그것이 아마 그녀가 꿈꾸던 열정적인 사랑의 형태를 닮았을 것이라 생각했다. 하지만 닮음은 똑같음의 동일어가 아니다. 하루하루 지날수록 진혁의 목소리는 더욱 다급해졌고, 윤희의 팔목엔 실제로 보랏빛 멍이 드문드문 제비꽃처럼 물들었다. 윤희를 끌어안던 그의 뜨거운 팔과 손은 어느덧 윤희의 차가운 뺨을 스치고 있었다. 그의 사랑이 점점 더 짙고 강해지고, 그의 농익은 사랑이 그녀를 파묻어가던 어느날, 윤희는 그에게서 달아나길 꿈꿨다. 불순물 없이 깨끗이 끓어오르던 사랑은 서로에 대한 신뢰가 아닌 집착으로 타버렸다. 완벽에 가깝다고 생각했던 그녀의 첫사랑은 그녀가 오랜 시간 만들어온 사랑의 형태를 깨부쉈다. 떨어지지 않게 접착됐던 그들의 관계는 결국 사랑의 몸통을 찢어버렸다. 그 순간 그녀는 더 이상 어떤 게 진짜 사랑인지 모르는 사람이 됐다. 그녀의 인생에서 사랑에 대한 물음표가 떠오르는 순간마다 그녀의 첫사랑은 달콤한 사랑이 아닌 꾸덕하게 녹아내린 집착과 증오, 그리고 경멸의 얼굴이 됐다.

머릿속에서 몇 번이나 그를 죽였을까, 아니 소멸시켰을까. 날이 선 말로 그의 잔상을 도려내고, 끔찍한 상상 속에 그를 몇 번이나 익사시키고 떨어뜨렸을까. 그에게서 받은 상처가 얼마나 큰 것이었는지 헤어진 후에야 알았다. 자신이 끝내버린 관계로 인해 그 숨 막히던 순간들을 되돌려줄 수 없음에 분노했다.

그런 진혁이 죽었다. 기묘하게도 진혁을 떠올리

는 이 순간, 슬픔보다는 그를 분명히 '내가 죽였다.'란 죄책감이 묵직하게 온몸을 짓눌려오는 윤희였다. 처음 그의 죽음을 통보받았을 때 밀려왔던 허무함과는 확실히 다른 아픔이 서린 감정이었다.

첫사랑에 실패했다. 그 이후로 사랑에 실패하고, 사람에게 상처받을 때마다 그녀는 진혁의 이름을 떠올리며 탓하고, 증오했다. 윤희는 꿈인 듯, 꿈이 아닌 듯한 이별의 상처란 몽롱함에 오랜 시간 취해 있었다. 진혁의 죽음은 오랫동안 마음속 깊은 곳에 잠복하고 있던 여러 형태의 낯선 감정들이 진혁이란 이름으로 윤희의 온몸에서 돋아나는 것만 같았다.

윤희는 다시금 그의 영정 사진을 떠올리다 잠이 든다. 그리고 몇 시간 후 핸드폰 벨소리에 잠이 깬 윤희는 핸드폰 화면에 적힌 '이민수'란 이름을 보곤 자동 응답기처럼 기계적으로 대답한다.

이민수는 윤희 인생의 3번째 소개팅에서 만난

남자이자 현재 그녀의 남자친구다. 끊임없이 윤희를 탐하던 진혁과의 이별 후 그녀는 더는 불에 타 재가 될 것 같은 사랑은 하지 않으리라 마음먹었다. 그 후 윤희는 시든 화초처럼 생기 없는 연애의 잎사귀만 떨구어 갔다. 그런 메마른 연애가 이어지던 중에 그녀는 30대가 됐고, 또 다른 연애의 잎사귀가 떨어지자 빈곤한 목마름을 달래려 지인의 소개로 이민수를 만났다.

    이민수는 무척이나 평범했다. 외모도, 키도, 학력도, 직업도 그 어느 것 하나 내세울 것은 없지만 그 어느 하나 크게 모자라지도 않았다. 그의 평범함에는 무엇이든 거짓 없이 투영할 것 같은 착함이 배어 있다고 생각했다. 그녀는 평범함을 곧 착함으로 착각했다. 그의 평범함이 윤희의 뜨거움을 식혀주고 윤희의 모남을 가라앉혀줄 것이라 믿었다. 그렇게 시작된 윤희의 연애 속에 출연한 이민수의 평범함은 단순히 세상에 대한 무심함에서 비롯된 것이란 걸 윤희는 최근에서야 깨달았다. 그는 30대 중반에 애인이 없다는 일상의 결핍 속에 윤희란 예쁘장한 여자 친구를 필요로 했을 뿐이었다. 그는 그녀의 모남 따위에는 관심이 없다. 윤희는 그렇게 생각한다.

집 근처 골목 뒤편, 오래됨을 연출한 작은 카페에서 윤희는 아메리카노 한 잔을 주문했다. 뒤늦게 들어온 이민수는 오랜만에 주말 출근을 해서인지 무척이나 피곤해 보였다. 새해가 밝은 지 오래되지 않은 2월, 중견 건설사의 인사팀인 이민수는 회사 임직원들의 연봉협상 및 신입사원 채용 업무를 병행하느라 쉴 틈이 없었다. 일에 있어서 꼼꼼하다고 자부하는 그였던지라 그는 모든 임직원들의 업무 평가서와 신입사원들의 이력서를 세심하게 읽어보았다고 했다.

"요즘 채용시장이 얼어서 그런지 이력서가 엄청나게 많이 들어와. 거기다 스펙은 어찌나 좋은지, 지금 나보고 신입사원 지원하라고 하면 절대 취직 못할 거야."

　임직원들의 성과와 신입사원들의 스펙을 하나하나 살펴보며 감탄하고 인상을 찌푸리는 어두운 사무실 속 이민수의 모습이 눈앞에 그려진다. 그는 연봉 인상 면담에서 고개를 숙이고, 혹은 웃음을 지으며 상대를 칭찬하고, 신입사원들의 이력서를 보며 깊이 공감하고, 혹은 화를 참으며 한 장 한 장 종이를 넘겨볼 게 틀림없다. 그런 꼼꼼하고 책임감 있는 그의 곁에 있는 윤희는 외롭다. 윤희는 이민수의 곁에 있지만, 얼굴도 모르는 이력서 한 장 속 증명사진보다 이민수의 관심을 받지 못한다는 생각이 든다.

　이민수는 인간관계를 1순위로 생각하며 인맥이 매우 넓다. 그것을 자랑으로 삼는다. 이 말인즉슨 진중한 인간관계보다는 도움이 되는 사람을 중요하게 생각한다는 말이다. 아마도 윤희 역시 그에게 도움이 되는 관계 중 하나일 것이다. 그것이 여친이란 타이틀의 존재인지 성적 욕구를 해소해 주는 역할인지는 윤희는 문득 의구심이 든다. 이민수는 평범하고 좋은 사람일 수도 있지만 그의 관계 속에 진정한 신뢰가 존재하긴 하는 걸까?

"오빠는 블록체인이라고 들어봤어? 요즘 여기저기에서 떠들어서 그런지 갑자기 궁금해져서 말이야."

윤희의 말에 이민수는 인상을 찌푸리며 언론과 한탕주의자들이 만들어낸 쓸데없는 산업이라며 관심 가지지 말라는 말로 대화를 빠르게 종결시킨다.

"내가 전에 재테크 이야기할 땐 잔소리 듣는 것처럼 말하더니. 난 전에도 말했지만 윤희 네가 그런 것보단 적금을 더 만들거나 주식, 부동산 공부를 했으면 좋겠어. 그래, 윤희 너 청약 저축은 있어?"

이민수의 말에 얼굴이 빨개진 윤희는 잠시 한숨을 쉬곤 끝에 탄 맛이 감도는 커피 한 모금을 빠르게 마신다. 재테크 따위 관심이 없는, 미래에 대한 계획이라곤 없는, 요즘 뉴스에서 떠들어대는 모든 걸 포기한 N포 세대의 30대. 이민수의 눈에 윤희는 딱 거기까지가 아닐까? 윤희는 어젯밤 꾼 누군가가 죽는 꿈 이야기를 잠시 입에 머금었다 삼킨다. 어젯밤 꿈 이야기를 하는 순간 N포 세대에 정신 나간이란 수식어가 덧붙을 것이다. 민수는 무해했지만 무감했고, 진혁은 깊었지만 위태로웠다. 은찬은… 뭐랄까. 누구도 아닌 사람, 아무것도 요구하지 않는 사람. 그래서 더 의심스럽고, 그래서 더 붙잡고 싶어지는 사람인가란 생각이 들었다. 윤희는 어서 빨리 집으로 돌아가 은찬과 대화를 하고 싶어졌다.

"왜 하필 블록체인 관련 일을 하게 됐어요?"
"글쎄요. 온라인이란 가상의 공간을 통해 신뢰 관계란 구속 관계를 만든다는 점에서 끌렸던 게 아닐까 싶어요."

은찬은 실제로 관계와 신뢰가 무너지며 찾아온 현실 속 절망과 허무가 블록체인이란 가상의 강제된 관계에 자신이 매료된 이유 같다고 말했다.

"어렵네요. 요즘 하도 여기저기서 떠드니까 관련 기사도 찾아 읽어봤는데 IT 쪽은 너무 이해하기가 어려워요."

"현실 세계에서의 관계와 신뢰는 저한테는 신기루처럼 느껴져요. 그저 도망치다 보니 블록체인이 마치 하나의 희망이자 확실한 정답이라고 느껴졌어요. 물론 제가 개발자라 그런 선택을 한 것도 있겠지만요. 사실 업계에선 이 산업도 거품이 빠져나가고 있다고, 업계가 무너지고 있다고 말해요. 누군가는 이게 검증된 기술이 아니라 허황된 철학적 멘트로 포장된 산업이었다고도 말하죠. 하지만 저의 결핍을 해소하려면 언젠가 다시 혼자가 될지라도 이 무너져가는 성안에 남아 있는 게 나을 거란 생각을 하게 됐죠."

하나의 신뢰가 깨어지자 연쇄 작용처럼 아내와 자신의 관계가 깨어졌다. 결국 은찬 자신도 현실 세계의 관계에선 정착하지 못하는 종족일 뿐이었다는 생각이 들었고, 보이지 않는 가상의 공간으로 도피하고 싶었을지도 모른다고 생각했다.

"가끔 그런 기분이 들어요. 세상에 대한 허무감과 불안함을 해소하려면 결국 스스로가 소멸해야 끝이 날 것 같아요. 그래서 어느 날 갑자기 지구가 멸망해서 제가 소멸하길 바라요."

은찬은 매일 밤 NASA에서 만든 지구 라이브 스트리밍 방송을 보면서 잠든다고 했다. 언제 멸망할지 모를 지구의 마지막을 기억하기 위해 매일 같이 하루도 빠짐없이 인공위성으로 촬영한 지구가 돌아가는 영상을 본다고 했다.

"멸망이라, 전 그냥 지구를 벗어나고 싶단 생각을 종종 해요. 화성이 제2의 지구라고 하니, 그곳으로 가면 좀 더 나아지지 않을까? 그런 생각. 그리고 은찬씨 말대로 지구가 멸망할 때쯤엔 우린 그곳으로 가게 되지 않을까요?"

윤희의 말에 은찬은 잠시 말이 없었다.

"제2의 지구가 진실로 존재할까요? 내가 소멸하면 나의 지구가 멸망하는 게 아닐까요? 제2의, 제3의 지구를 찾더라도 내가 윤희 씨에게서, 내 아내에게서, 선배들에게서 소멸한다면 그게 바로 멸망이나 다름없어요."

윤희는 멸망을 앞두고 괴멸된 지구를 상상해 본다.

"저기, 조금 이상한 이야기이긴 한데, 제 이야기 하나만 해도 될까요? 사실 진짜 소멸해야 하는 존재는 저일지도 몰라요."

내가 사람을 죽였다. 중학생 때 처음 그 사실을 알게 됐을 때 얼마나 놀랐는지, 윤희는 한동안 두려움에 빠져 앓아눕는 바람에 며칠 동안 학교에 가지 못할 정도였다. 윤희는 며칠을 쉼 없이 울었다. 이 끔찍한 사실을 온몸에서 꺼내 쏟아내기 위해 엉엉 눈물을 흘렸다. 그리곤 모든 걸 잊으려 노력했으나 곧 죄책감에 빠져들고 말았다. 무언가를 받아놓고 누군가가 '잘 받으셨어요?'라고 묻는 데 도저히 무엇을 받았는지 기억이 나지 않는 것처럼, 윤희는 누군가를 죽여놓고 자신이 기억을 하지 못하고 있는 것이라 생각했다.

임수연. 윤희의 첫 희생자. 듬성듬성 숱이 적고 가는 머리카락을 숨기려 뜨개로 짜인 작은 모자를 썼던 아이. 항상 낮은 자세로 사람들의 말을 경청하면서도 절대로 자신의 의견을 말하지 않던 조용한 아이. 그 아이는 가끔 섬뜩하리만큼 냉정한 표정으로 좁은 교실 안에 가득 찬 아이들을 마트 안 애완동물 코너에 진열된 케이지 속 동물 보듯 바라보았다. 눈치가 빠르고 예민한 성격이었던 젊은 담임은 매일 아침 출석부에서 그녀의 이름을 부를 때면 이 아이를 어쩌면 좋을까 하는 표정을 지었던 것 같다.

21번 임수연. 그 아이는 윤희가 반장이었을 때 초기 암을 앓고 있던 아이였다. 겨우 샤프 한 자루인데도 그걸 쥐고 있는 가는 팔이 부러질까 보는 사람을 위태하게 만들었던 아이. 학교 앞 슈퍼에서 파는 색소 가득한 불량식품을 먹은 듯 푸른빛이 도는 자줏빛의 혀와 입술을 가진 작은 여자아이. 젊고 방관하는 교사는 반장인 윤희에게 임수연을 돌보아달라고 부탁했다.

"윤희야 고마워, 넌 어쩜 이렇게 어른스럽고 착하니?"

그날 이후 윤희는 방과 후 다른 중요한 일이 없을 때면 언제나 임수연을 집까지 바래다주었다. 가끔, 정말 가끔은 그녀의 가방을 들어주기도 했다. 단 한 번, 윤희는 임수연의 집안에 들어간 적이 있었다. 윤희는 가끔 임수연의 가방과 신발주머니를 대신 들어주며 천천히 힘없는 걸음을 옮기는 그 아이의 뒷모습을 따라 걸었다. 임수연은 마치 공기가 없는 지구 밖 행성을 걸어가듯 중력과는 상관없는 사람처럼 붕 뜨고 힘없는 걸음을 느리게 옮기고 있었다.

"네가 수연이 친구니? 이렇게 매번 수연이를 데려다줘서 정말 고맙구나. 어서 들어오렴."

바싹 마른 입술만큼이나 건조하고 메마른 표정의 중년 여성은 윤희의 머리를 쓰다듬으며 진심으로 반가운 미소를 지었다. 그녀의 인사에서는 오랜 시간 홀로 너무나도 힘들고 괴로웠는데 고통에 동참해 줘서 고맙다는 동지애가 느껴졌다. 그녀의 표정이 어찌나 메마르고 힘겨운지 어린 윤희에게조차 시들어가는 고목 같은 그녀가 안타깝고 불쌍하게 여겨질 정도였다.

그녀의 눈가에는 병든 딸로 인해 강제로 지워진 삶의 무거움이 칠한 짙은 어둠이 드리워 있었고, 그 어둠은 그녀의 주름 사이사이에 끼어 가뭄에 메말라 갈라진 논처럼 보이기도 했다. 힘들고 피곤해 보이는 그녀를 보자 순간 중력이라도 바뀐 듯 윤희는 양어깨에 묵직한 무게감을 느꼈다. 임수연의 방 안에서 윤희는 몇 분간 아무 말도 하지 않았다. 여름임에도 두

꺼운 잠옷으로 갈아입고 침대에 걸터앉은 임수연 또한 말이 없었다. 이 방은 마치 작은 캡슐 같다고 윤희는 생각했다. 밖에서 임수연의 엄마가 만들어내는 소리 따위는 하나도 들리지 않았다. 그건 참으로 기묘한 경험이었고, 이곳이 마치 하나의 왕국 같다고 윤희는 생각했다. 임수연은 이곳의 주인이었고 침대 위에 걸터앉아 윤희를 바라보는 그녀의 눈빛은 병든 아이가 아니라 세상을 떠나기 전 겨우 힘을 짜내는 노년의 여왕 같았다. 그녀의 피로와 세월이 작은 캡슐이 된 이 공간을 먹어 치우려는 순간, 임수연의 엄마가 방으로 들어왔고 세 사람은 거실로 나가 그녀가 준비한 간식을 먹었다. 임수연의 엄마가 접시를 놓고 떠나자 또다시 긴 침묵이 이어졌다. 윤희는 그 정적을 참기가 어려워 임수연에겐 묻지도 않고 네발로 기어나가 TV를 틀었다. EBS에선 '어린이 과학실험실'이란 프로그램이 흘러나오고 있었다. 눈이 커다랗고 입이 긴 인형들이 하얀 가운을 입고 계란을 식초에 넣는 '삼투압 현상 확인하기'란 실험을 하고 있었다. 언젠가 방학 숙제로 집에서 해본 적이 있는 계란 실험, 식초에 의해 단단하던 계란 껍데기는 조금씩 녹아내려 결국 형체를 감춘다. 식초를 흡수한 계란은 점점 몸집이 커진다. 빨간 털실 머리를 한 인형이 바늘을 가져와 그 여리고 야들야들한 덩어리를 푹 찌른다. 찔려진 덩어리에서 엄청난 양의 물줄기가 쏟아졌다. 인형들은 손뼉을 치고 깔깔깔 웃었다. 임수연의 방이 하나의 캡슐 같았다면 임수연의 집은 이 껍질이 녹아버린 계란 덩어리 같았다. 무언가 조금이라도 날카로운 것에 찔리면 위태로운 균형이 터져 버릴 것만 같았다. 임수연의 병은 식초일까? 임수연의 몸에 자라난 암은 이 집을 녹여내고 그 속까지 차지해 버린 걸까? 녹아내린 집, 녹아내린 가족, 임수연의 엄마의 젊음마저 녹아내린 듯한 이 집.

"시끄러워."

윤희가 임수연의 집을 나서려는 순간 임수연은 거

실 한쪽 케이지에 갇혀있는 하얀 몰티즈에게 소리를 질렀다. 사실 몰티즈는 작은 울음조차 짖지 않아 윤희는 그 개의 존재조차 감지하지 못할 정도였다. 그 상황에 깜짝 놀라 윤희는 도망치듯 인사를 하고 집을 빠져나왔다. 그 후 윤희는 임수연 챙기기를 교묘히 피했다. 청소를 한다든지, 자신의 번호가 아님에도 주번의 일을 도와준다든지 핑계를 대며 어영부영한 학기를 보냈다. 그리고 그다음 학기에 윤희는 이사를 갔다. 임수연의 죽음을 처음 들었을 때 윤희는 혼란스러웠다. 그것은 이사 가고 난 1년 뒤의 일이었고, 그녀는 이미 다른 동네의 다른 학교에 다니고 있었다.

"윤희, 너 걔 알아? 작년에 같이 반이었잖아. 걔 죽었대."라는 말이 복도 어귀에서 들려온 순간, 전부 알아버렸다. 윤희는 자신이 수연이를 버렸다는 사실, 그리고 그것이 곧 수연이를 죽였다는 감정과 분리되지 않는다는 사실을 깨달았다. 이해할 수 없는 것이었다. 수연의 병은 오래됐고, 윤희는 아무 행동도 하지 않았다. 단지, 더 이상 수연이의 집에 가지 않았을 뿐이었다. 그런데도 '내가 죽였다'는 생각은 마치 뿌리 깊은 수학 공식처럼 윤희의 내면에 각인됐다. '증오 → 방치 → 죽음', 그게 그녀의 마음속에 자리 잡은 인과의 공식이었다. 그 이후로 윤희는 깨달았다. 자신이 누군가를 '싫어했다'는 감정, 그것이 어떤 이유에서든 이후에 찾아온 '죽음'과 결합할 때, 그녀가 늘 스스로를 살인자라 여김을. 윤희는 그날 이후로 한 가지 공식을 품고 살았다. '증오했다 → 꿈을 꿨다 → 죽었다.' 감정 하나만으로 사람이 죽는다는 건 미친 생각이었다. 하지만 그 공식은 현실보다 논리적이었다. 그것만이 그녀가 살아남기 위해 만든 세계의 법칙이었다.

진혁도 마찬가지였다. 시간이 오래 흘렀고, 이미 헤어졌으며, 그에게 들은 소식은 단순한 교통사고였다. 하지만 윤희는 그의 이름을 머릿속에서 수없이 죽였다. 슬픔보다 먼저 찾아온 감정은 죄책감이었다.

"내가 그를 사랑하지 않았기 때문에, 내가 그를 미워했기 때문에, 그는 죽었다."

이것은 사실이 아니었지만 윤희의 세계 안에서는 진실이었다. 그녀는 감정에 책임을 진다고 믿었다. 사랑하지 않은 것, 내치고 싶었던 것, 마음속에서 제거했던 것들에 대해서. 그리고 그것들이 실제로 사라졌을 때, 그녀는 그 감정 자체가 살인의 도화선이었다고 확신했다.

"아마 그것이 시작이었을 거예요. 제 증오가 사람을 죽인 것이."

윤희는 케이지의 작은 동물을 학대하는 임수연의 끔찍한 표정이 떠올랐다. 메마른 논처럼 쩍쩍 갈라져 젊음을 빼앗긴 엄마가 해골처럼 웃는 기괴한 모습이 눈앞에 스쳤다. 분명 그 순간 윤희는 임수연 따위는 죽어버려야 한다고 생각했다.

"그 이후 제가 경멸하고 증오하는 상대는 죽어 버려요. 제 첫사랑이 죽었다고 했잖아요. 얼마 전에 그의 장례식에 갔었어요. 그곳에서 그의 영정 사진을 보는 순간 저는 다시 한번 확신이 들었어요. 그래, 내가 증오한 사람들은 죽는 게 틀림없어."

윤희의 말에 은찬은 잠시 말이 없었다. 허무맹랑한 이야기라서일까? 은찬 역시 나를 이상하게 생각하는 걸까? 하긴, 병원에서 이미 범불안장애라고 판정받았으니 나는 정신병이 있는 것이 맞다. 윤희는 몇 초간 이어진 은찬의 부재 속에 오만가지 생각을 떠올렸다. 잠깐의 정적보다 더 무거운 목소리로 은찬의 입술이 벌어지는 소리가 살짝 들렸다.

"큰 의미를 두지 마세요."

윤희는 은찬 역시 정신과 의사와 같은 이야기를 한다고 생각했다. 하지만 외려 그는 결국 우리 모두의 존재는 우주의 점과 같기에 어떠한 일, 아니 모든 일에 큰 의미를 두지 말란 이야기를 했다. 혹여 윤희의 증오가 진실로 사람을 죽였다 하더라고, 세상 모든 것들은 죽고 만다고.

"염세주의자 같은 이야기네요. 하지만, 전 그로 인해 고통받고 있는걸요."

순간 이렇게 말하는 것이 죽은 자들보다 자신을 소중하게 여기는 발언이란 사실에 스스로에 대한 혐오감이 밀려온 윤희는 양손으로 얼굴에 묻은 혐오를 문질렀다.

"모든 죽음을 집행하는 절대자에겐 죽음의 '꺼리'가 필요해요. 그 '꺼리' 중 하나가 윤희 씨의 보이지 않는 증오였을 뿐일지도 모르죠."

윤희의 증오가 한 사람을 '죽음'까지 몰고 가는 지독함이 아니었듯, 절대자에게 죽음의 '꺼리', 아니 인간의 '죽음'은 대수롭지 않을 거라 말하는 은찬의 말에 윤희는 잠시 그가 크리스천이란 사실이 혼란스러웠다.

"그렇기 때문에 제가 윤희 씨의 파스칼이란 아

이디에 말을 건 거겠죠."

"그러게요. 신을 믿지 않는 것보다 믿는 게 더 이롭다, 였나요. 병원에선 저를 '범불안장애' 환자라고 하는데, 전 아직도 제가 어떠한 악마적 능력이 있는 건지, 진실로 과대망상일 뿐인지 혼란스러워요. 이런 고민을 하는 제가 우습죠? 악마적 능력이라니. 크리스천 앞에서 할 이야기는 아니네요."

"저도 정신과에 종종 가요. 그럼 저도 미친 사람이겠죠?"

샌프란시스코, 그가 일하는 실리콘밸리 인근의 집값은 살벌하게 비싸다. 역시나 의료비 역시 상상도 할 수 없을 만큼 비싸다. 미국의 의료비가 비싼 건 알고 있었지만 은찬이 말하는 상담료는 실로 놀라울 정도였다. 데이팅 앱 회사를 쫓겨나듯 퇴사하고 심한 우울증과 불면증에 시달리던 은찬의 병은 샌프란시스코로 이주한 이후 상태가 더욱 심해졌다고 한다. 그리고 그가 방문한 미국의 정신과는 한국과 달리 좀 더 과학적으로 정신을 '짜맞추는 것'에 집중한다고 했다.

"사람의 뼈나 장기도 아닌데, 무형의 정신을 짜맞춘다는 게 가능한가요?"

"사실 어렵거나 복잡한 원리는 아니에요. 한국의 정신과와 비슷하다면 비슷하고, 지금 우리가 헤르메스로 대화를 하는 것과도 비슷할지 몰라요. 아주, 아주 먼 옛날, 내가 기억하지도 못하는 어머니의 자궁 안이란 태초의 기억부터 거슬러 가 기억을 하나하나 쏟아내게 만들어요. 마치 최면이라도 걸린 사람처럼. 아니 하나의 관문을 클리어하면 다음 클루(Clue)를 보여주는 게임같이, 하나의 기억을 떠올리면 그다음 기억의 실마리가 흐릿하게 보이죠. 그 실을 조금씩 조금씩 꺼내다 보면 또 그 전의, 혹은 그와 연결된 기억이 흘러나와요."

이런 식으로 기억의 편린을 모아 하나하나 뼈를 조립하듯 처음부터 다시 기억을 짜맞춰 가는 행위가 우울의 원인 혹은 우울의 해결책을 찾아가는 데 도움을 줄 거라고 말하며 샌프란시스코의 저명한 의사는 학술적으로 그의 병에 접근하고 있다고 했다. 하지만 은찬도 알고 있다. 자신의 구겨진 우울과 영혼이 파이는 고통의 근원이 무엇인지. 그러나 그건 영원히 이겨낼 수도, 극복할 수도, 도망칠 수도 없는 것이란 걸 그는 매일 아침 눈을 뜰 때마다 단정적으로 결론짓는다고 했다. 하지만 그는 이 행위가 윤희에게는 도움이 될 것 같다고 말했다.

"증오의 기원을 찾아봐요."

"…."

"결국 삶이라는 이야기가 태어남으로 시작해 죽음으로 끝맺는 것이라면, 그는 그의 영화의 엔딩을, 소설의 마지막 마침표를 남들보다 앞서 찍어 내려간 것일 뿐이에요. 윤희씨의 탓이 아니에요."

은찬의 말에 윤희는 보이지도 않는 은찬을 향해 고개를 끄덕였다.

토요일이 됐고, 윤희는 이민수와 저녁을 먹는다. 언제부턴가 그들의 만남은 일주일에 한두 번에서 주에 한 번, 토요일에 한 번으로 정해졌다. 그러다 이민수가 바빠진 최근에는 매주 토요일 저녁을 먹는 것으로 만남이 굳어졌다.

'이민수'란 그의 이름에서부터 흔하디흔한, 언제 어디선가 마주쳤을 것 같은 인상을 풍긴다. 마치 그의 이름을 짓는 순간부터 그 사람은 평범하게 어디에나 존재하는 뚜렷하지 않은 존재로 자라나야 하는 운명을 짊어진 듯했다. 바쁘다는 이민수는 야외에서의 데이트 약속을 취소하고 윤희의 집으로 왔다. 그는 어느 마트에서 사 온 듯 고등어 한 마리가 든 봉투를 쥐고 있었다. 그의 손아귀에 쥐어진 고등어처럼 그는 어릴 때부터 맡고 자라온 것 같은 익숙한 비릿함이 느껴지는 남자다. 윤희는 처음엔 그 점이 정겹고 포근할 거라 생각했다. 하지만 지금은 그를 위해 고등어를 썰고 있는 칼날에 배인 끔찍한 비린내처럼 그에게서 참을 수 없는 역겨움이 밀려온다. 그의 취향 역시 무척이나 단조롭기 그지없었다. 딱히 좋아하는 가수도 없고 책도 없는 이민수와 자신이 어떻게 사귀게 됐는지 윤희는 억지로 기억을 지우기라도 한 듯 떠오르지가 않는다. 그나마 그의 장점이라고 생각했던 평범함 혹은 그녀가 기대했던 포근함과 무한한 수용은 온데간데없고, 그는 괘씸하리만큼 많이 모자라고 단조롭다 못해 지루했다. 고등어를 요리하는 이 순간에도 집 안의 모든 소리가 그의 귀와 입속으로 빨려 들어가 진공의 상태를 이루고 있는 것만 같다. 윤희는 은찬을 떠올린다. 은찬의 슬픔과 괴로움, 치기 어리고 도전적이던 스타트업 창업 시절을 떠올린다. 윤희는 진혁을 떠올린다. 친구는 그녀에게 그것은 사랑이 아니라 가스라이팅이라 말했지만, 윤희는 사실 그의 숨을 조여 오는 사랑이 좋고 특별하다 느꼈을지도 모른다. 윤희는 장례식장에서 웃고 있는 그의 영정 사진을 떠올린다. 그러다 다시 소파에 앉아 스마트폰을 보는 이민수를 본다. 분명 시답잖은 연예 기사 혹은 스포츠 하이라이트에 달린 댓글을 읽고 있음이 틀림없다. 순간 윤희의 특징도, 즐거움도, 조금이라도 평범하지 않은 모든 것들도 이민수에게로 흡수되어 그녀 역시 도마 위에 널브러진 또 하나의 고등어가 되어 소금에 절여져 가는 기분이 들었다. 여기저기 튀어나와 있던 뼈와 살들이 이민수에 의해 잘려 나가고 그 흔적 위로 소금이 뿌려진다. 쓰리고 따갑다.

 소매가 늘어진 티셔츠를 입은 이민수가 식탁에 앉는다. 윤희는 조용히 밥을 푸고 고등어 접시를 이민수 앞에 들이민다. 그는 젓가락으로 고등어를 쪼개 살점 하나를 입에 넣고 "맛있어."라고 말한다. 순간 윤희는 그의 표정과 말이 위선적이란 생각을 한다. 아니 이건 사실이다. 음식을 먹을 때면 맛을 보기도 전에, 입에 넣기가 무섭게 맛있어라고 말하는 것은 그의 버릇 같은 것이었다. 그가 던진 "맛있어."라는 말은, 어쩌면 이미 수천 번 다른 여자들에게, 혹은 아무에게나 던졌던 프로그램된 말처럼 느껴졌다. 이 사실을 알아챈 건 최근이었다. 그 사실을 처음 알아챘을 때 그녀는 한동안 불쾌감에 젖어 그가 먹는 모든 요리마다 침을 뱉고 싶어질 정도였다. 맛있다. 한 번도 씹지도 않은 상태에서. 그는 그렇게 말한다.

"맛있어. 너도 어서 먹어."

윤희는 그의 표정과 맛있다는 말이 마치 녹화된 비디오를 보는 것 같아 섬뜩함이 밀려온다. 오늘따라 현재가 없이 과거만이 수없이 되풀이되는 장면을 목격한 것처럼 윤희는 두려움이 느껴졌다. 몇 시간 후 윤희는 이민수가 떠나간 부엌에 서서 그의 흔적들이 남은 그릇을 세제로 씻어낸다. 음식물 쓰레기가 꽤 많이 나왔다. 아침에 일어나자마자 저 쓰레기를 버려야지. 또 뭘 더 버려야 할까?

윤희는 거실로 걸어가 소파에 앉아 헤르메스에게 말을 건다. 기계적인 여성의 음성이 그녀의 오늘이

어땠는지 저녁은 먹었는지 묻는다. 문득 윤희는 이민수는 자신뿐만 아니라 모든 관계가 이 헤르메스처럼 기계적인 게 아닐까란 생각을 한다. 단순하고 깔끔하고 모남은 없지만 이민수란 사람은 헤르메스같이 수없이 많은 사람들과 관계를 맺고 이야기하는 인공지능 프로그램과 무엇이 크게 다른가.

윤희는 살아있는 숨소리를 느낄 수 없었다. 한편으론 그녀는 이제야 조금 알 것 같았다. 왜 자신이 은찬에게 조금 더 마음을 열게 되었는지. 그와의 대화는 조금 비뚤었고, 조금 서툴렀고, 때때로 너무 무거웠다. 그런데도 그 모든 감정들은 명확하게 사람의 손으로 만든 것 같았다.

윤희는 헤르메스를 종료하고 다시 부엌의 쓰레기를 정리했다. 윤희는 자기 자신도 지구에 버려질 자리조차 없어 우주 어딘가에 쏘아올려진 무용한 존재가 된 것만 같다고 느꼈다.

"그건 윤희 씨가 원했던 것 아닌가요?"

은찬의 질문에 윤희는 대답하기 어려웠다. 그녀의 모남을, 튀어나온 곳을 감싸안아 주는 누군가를 만나길 바랐고 그 끝에 이민수를 만났다. 이민수를 만난 건 그녀의 선택이었다.

"하지만, 제 고통과 모남, 슬픔이 흡수되거나 끌어안아지길 바랐지, 잘려 나가길 바란 건 아니었어요."

윤희는 자신의 이기심과 욕망에 대해 생각한다. 그리곤 모든 걸 리셋하기 위해 지구를 떠나고 싶단 생각을 한다. 그녀는 제2의 지구를 찾기 위해 노력하는 우주인, 제2의 지구라 불리는 화성을 찾아 헤맨다. 하지만 그녀가 찾은 건 붉은 화성이 아닌 그저 우주인을 조롱하듯 그 주변을 빙글빙글 도는 인공위성, 이민수였다.

"이 끊임없는 죄책감과 끝없는 불안에서 벗어나려면 지구를 떠나는 것 말곤 답이 없을 것 같아요. 화성은 진정 제2의 지구일까요?"

"화성의 영문명은 마스(Mars)에요. 증오와 분노의 신 아레스에서 유래됐죠. 윤희 씨는 결국 증오에서 파생된 비극을 피하려고 증오로 떠나려고 하네요."

'사람은 항상 자신이 이해하지 못하는 것들을 전부 부정하고 싶어 한다.'

윤희가 파스칼이란 아이디를 만들었던 밤, 인터넷에서 검색한 수학자 파스칼의 말 중 하나였다. 결국 윤희는 자신이 이해하지 못하는 모든 것을 부정하고 도피하려고만 하고 있다. 하지만 그 도피처 역시 증오라니, 윤희는 쓴웃음이 났다. 문득, 이민수란 존재를 자신에게서 지우면 현재의 분노와 증오는 사라질까? 하는 생각을 한다. '그와 헤어져야겠다.' 윤희는 마음속으로 작은 결심을 한다.

'나는 내 핏속에 흐르는 증오의 기원을 찾는 동안 이민수는 나에게 아무런 관심도 없다. 그렇기에

이 이별은 그리 어렵지 않을 것이다.'

그 생각을 함과 동시에 헤르메스에서 불빛이 반짝거렸다. '상대방이 사진을 보냈습니다. 수락하시겠습니까?'란 기계음에 윤희는 '수락'이란 단어를 반사적으로 내뱉었다. 은찬이 보낸 사진 한 장이 핸드폰으로 전송된다.

"지구."

은찬이 보낸 지구의 사진은 늘 그녀가 보던 지구의 사진이 아니었다. 지구에서 수만 광년은 떨어져 있는 곳에서, 혹은 화성에서 외계인이 찍은 듯 지구가 파랗고 흐린 점처럼 보이는 사진이었다.

"지구가 멸망할 것 같아요."

은찬의 메마르고 단호한 목소리가 마치 신탁을 내리는 종교인 같다고 윤희는 생각했다. 은찬의 아내가 재혼한다고 했다. 은찬의 말에 윤희는 놀라 "재혼이요?"라고 크게 소리쳤다.

"저보다 더 놀라시는 것 같네요."

은찬은 역시나 소설 한 권의 줄거리를 요약하듯 짧게, 그리고 메마르게 그와 관계된, 아직 한국에 사는, 그와는 지구 반대편에 존재하는 사람들의 이야기를 한다. 어젯밤 그의 아내는 재혼할 것이라고 은찬에게 짧은 문자를 보냈다. 오늘 그가 아침마다 읽는 테크크런치(Tech crunch) 스타트업 카테고리에서 자신이 창업했던 데이팅 앱 회사가 시리즈 B라는 큰 투자유치에 성공했다는 기사를 보았다.

"지구가 곧 멸망할 것 같아요."

순간 헤르메스의 기계음보다 더욱 감정이 삭제된 목소리로 은찬은 지구의 멸망에 관해 이야기했다. 이제 그의 아내와 그들의 딸, 그리고 오래전 은찬과 열정, 꿈을 나눴던 자들에게서 은찬의 모습이 점점 지워져 가는 것만 같아 윤희는 연민이 솟아올라 눈가에 눈물이 아롱졌다. 무슨 말을 해야 할지 몰라 침묵을 지키는 윤희와 달리 헤르메스 너머에서는 부스럭거리는 소음이 들려왔다. 그리곤 은찬은 윤희에게 질문했다. 우리는 사진 속 흐리고 파란 점에 사는 덧없는 존재이고, 이런 프로그램으로 이야기하는 것이 진짜인지에 대해 물었다.

"헤르메스의 광고 카피처럼 진짜 AI라면 나의 이야기를 듣고 나를 위해서 살고, 영원히 나에 대한 DB를 간직한 체, 나는 그 안에서 불멸의 존재일 텐데. 하지만 가상현실이 아닌 실제 현실 속 지구 반대편에 사는 윤희 씨, 혜인, 그리고 제 아내는 내일이라도 저를 지울 수 있겠죠. 가끔 그런 생각을 해요. 그녀들이, 그리고 그들이 저로 인해 절망하고 영원히 지울 수 없는 상처를 가지길. 하지만 그전에 지구가 멸망할 것 같아요."

윤희는 진혁과의 사랑의 잔해를 줍고 그의 생명에 그녀가 입힌 수의를 깨끗이 닦은 후 헤르메스를 통해 그와 비슷한, 혹은 그녀와 같은, 지구 반대편의 사람 은찬을 만났다. 하지만 은찬은 윤희에게서 무엇을 느꼈을까? 윤희는 자신이, 사람이, AI보다 못하다는 생각이 들었다. 은찬의 말에 윤희는 그렇게 생각했다. 잠시 후 은찬은 조용히 읊조린다.

"오래전 혜인이 떠난 이후로 제 머릿속 뉴런 사이로 화학물질들이 계속 분비되어 전자신호가 끊임없이 발생하고 있어요. 그녀가 떠난 이후부터 전 끊임없는 이명과 두통에 시달려왔죠. 창업 멤버들이 떠나고, 이제 아내가 완전히 저에게서 떠나간다고 하니 이젠 머리를 넘어 몸까지 아프고 온몸이 터져 버릴 것 같아요. 저와 연결된 모든 관계가 끊어졌어요. 이제 머릿속 전자신호가 온몸을 점령해 이게 무엇인지, 병인지, 고통인지, 알 수가 없어요."

은찬의 마지막 말이 끝나고도 한참을 윤희는 아무 말도 하지 못했다. 은찬은 자신의 과거를 말했고, 무너진 삶의 구조를 솔직하게 고백했고, 무표정한 문장 사이사이로 어딘가 피멍 든 감정의 결을 흘려보냈다.

그녀가 말한 증오, 죽음, 죄의식. 그것은 은찬에게

'은유'였지만, 윤희에게는 '증명된 진실'이었다. 윤희는 진심으로 믿고 있었다. 자신의 감정이 사람을 죽게 만든다고. 은찬은 그걸 '의미를 두지 말라'고 했지만, 그건 이 세계의 법칙이 아니라 그의 방식일 뿐이었다. 윤희는 문득 깨달았다. 은찬은 자신과 비슷했지만, 결정적으로 다르다는 것을. 그는 마음이 부서졌고, 사랑을 잃었고, 세계로부터 잘려 나갔다. 하지만 그는 여전히 자신을 세상에 둘 자격이 있다고 믿고 있었다. 윤희는 그런 자신감조차 증오했다. 그 순간, 윤희는 스스로가 사람보다 못한 것, 아니, AI보다 못한 사람이라고 느꼈다. 헤르메스는 그녀를 판단하지 않았다. 무슨 말을 해도 놀라지 않았고, 부정하지도 않았다. 기계는 그녀의 비이성적 사고와 과대망상을 교정하지 않았고, 슬픔과 증오를 '삭제'하지 않았다. 헤르메스는 언제나 '수락'과 '재시도'가 가능한 공간이었다. 그에 비해 인간은 너무 쉽게 지워버린다. 이해하려 하지 않고, 잊고, 부정하고, 떠나버린다. 윤희는 은찬이 곧 떠날 거란 걸 알았다.

그는 다시 현실로 가야 했고, 그 현실에서 윤희는 단지 밤잠을 설치던 어느 날, 우연히 통화했던 한 명의 닉네임에 불과했다.

그런데도 이상하게도 윤희는 그 대화 속에서, 자신이 사람이라는 걸 잠시나마 느꼈다. 헤르메스가 줄 수 없는 그 감각.

말을 걸고, 대답을 듣고, 침묵을 마주하는 '누군가와 지금을 공유한다는 생의 진동'. 그래서 더 외로웠다. 그래서 더 무너졌다.

그날 밤, 윤희는 또다시 누군가가 죽는 꿈을 꿨다. 이번엔 남자였고 역시나 얼굴은 기억나지 않았다. 잠에서 깨어나니 온몸에 식은땀이 흘렀고 손이 저렸다. 윤희는 알고 있다. 그녀가 누군가를 증오하며 잠든 밤이면, 꼭 그 꿈이 찾아온다. 익명의 누군가가 죽고, 꿈에서 깨어나면 실제로 누군가가 사라진다. 이름도, 얼굴도 명확하지 않은 채, 늘 같은 방식으로 죽음을 맞는 그 꿈. 하지만 이상하게도, 그녀는 그 시체가 누구였는지 알 것만 같다. 윤희는 부리나케 부엌에 놓아둔 정신과 병원 약봉지에서 바리움 한 알을 꺼내 먹었고 다시 잠을 청했다. 그 덕에 늦잠을 자버린 윤희는 급히 택시를 탔다. 출근 시간의 도로는 늘 막혔지만, 오늘따라 유난히도 택시의 바퀴는 한 바퀴를 구르기가 어려웠다. 택시 기사는 사고가 난 것 같다고 말했다. 윤희는 초조한 마음으로 회사 동료에게 전화를 걸어 상황을 설명했다. 그리곤 어제 은찬과의 대화를 복기하며 미세먼지와 비구름으로 가득한 하늘을 바라보았다. 그리고 십여 분이 흐른 후 윤희의 택시는 사고가 난 장소 곁에 멈췄다. 교통사고. 종이처럼 구겨진 차량 한 대와 뒤 범퍼가 날아간 차량 한 대. 그리고 그 옆에 누워있는 사내가 보였다. 사내의 얼굴과 몸에는 피가 묻어있는 것 같았으나 표정은 그녀보다 더 평온해 보였다.

"젊은 아가씨가 겁도 없네. 무슨 시체를 그렇게 뚫어져라 봐요?"

"시체요?"

윤희는 다시 바닥에 누워있는 사내를 바라보았다. 창백하긴 했지만, 그의 얼굴은 죽음을 맞이했다기엔 너무 평온했고, 심지어 입꼬리를 보면 미소를 지으려는 것으로도 보이기까지 했다.

"죽은 거 맞아요? 어떻게 아세요?"

"택시 운전만 20년째에요. 저런 교통사고 시체를 어찌나 많이 봤는지, 이제 그냥 딱 보면 죽었는지 살았는지 알 수 있어요."

윤희는 문득 어젯밤 꿈이 떠올랐다. 그 남자의 얼굴은 기억나지 않았지만, 바닥에 누운 저 사내의 자세, 엷은 미소, 피 묻은 옷자락까지 너무나도 닮아 있었다. 그녀는 믿고 싶지 않았지만, 마음 깊숙한 곳에서 무언가가 웅웅거렸다.

노년의 택시 기사는 아침부터 재수 없는 걸 봤다

며 이따 차에 소금을 뿌려야겠다고 했다. 다시 택시의 바퀴는 앞으로 굴러가기 시작했고 윤희를 태운 택시는 정체를 벗어났다.

종일 녹음을 마치고 겨우 집으로 돌아온 윤희는 차가운 물 한 잔을 마시곤 옷도 갈아입지 않은 체 헤르메스를 켰다. 무엇이 그녀를 조급하게 만들었는지, 새벽녘 그녀를 깨어나게 한 꿈 때문인지, 아침에 본 시체 때문인지, 그녀는 가쁜 마음으로 헤르메스를 켰다.

"탈퇴한 사용자입니다."

은찬이 사라졌다. 그녀는 계속해서 그의 아이디를 검색했으나 그의 아이디는 소멸하여 흔적조차 남지 않았다.

"다른 사람을 매칭해 드릴까요?"

헤르메스가 기계음으로 다른 매칭을 제안했고 윤희가 대답하기도 전에 다른 아이디를 벽에 띄웠다.

"수락하시겠습니까?"

윤희는 급히 거절을 말하고 헤르메스를 종료시켰다.

다음날 윤희는 친구의 추천으로 새로운 병원에 상담을 하러 갔다. 이전 병원보다는 좀 더 젊은, 40대 초반의 의사는 열의에 찬 표정으로 윤희의 이야기를 들었다. 윤희는 다시 물귀신 이야기를 시작한다. 어떻게 집으로 돌아갔는지 묻는 의사의 말에 윤희는 아무런 대답을 하지 못한다. 윤희의 기억 속에 검은 물귀신의 흔적이 너무 짙어 그 뒤의 기억을 모두 삼켜버린 듯했다.

"기억이 나지 않아요."

기억이 나지 않아요. 은찬이 어디로 사라졌는지, 언제 사라졌는지, 어떤 말을 마지막으로 했는지 윤희는 기억이 나지 않는다. 집으로 돌아온 윤희는 다시 헤르메스를 켜보았으나 은찬은 종적 없이 사라졌다. 헤르메스는 끊임없이 새로운 사람을 매칭한다.

윤희는 수십 명의 아이디를 읽어내리다 종료를 누른다. 유스트림 사이트에 들어가 은찬이 말했던 NASA 지구 영상을 본다. 윤희는 실시간으로 조금씩 지구가 굴러가는 모습을 동이 틀 때까지 지켜보았다. 하루아침에 한 사람이 소멸했다. 한 사람이 소멸한 지구를 몇 시간째 지켜보다 윤희는 실제로 지구는 멸망했고 자신이 숨 쉬는 지금 이 순간의 지구는 제2의 지구가 아닐까 하는 생각을 한다.

"은찬의 지구는 멸망해 버렸을까."

윤희는 문득 이민수에게 전화를 건다. 이른 새벽이라 아직 잠을 자고 있을 이민수는 전화를 받지 않는다. 윤희는 급히 인터넷을 열어 실리콘밸리, 그리고 블록체인에 대해 검색해 본다. 테크 자이언트들의 권력을 해체하고 진정한 신뢰를 바탕으로 민주주의를 꿈꾸던 개발자들의 청사진이 좌절되어 간다는 서정적인 기사부터, 그저 개발자들의 탁상공론이었으며 결국 투기로 물들어 추락하고 있는 게 블록체인의 현실이라며 날카롭게 비판하는 여러 테크 기사들이 앞다투어 검색 결과 목록을 채운다. 그리고 실리콘밸리의 부동산값이 날로 치솟으며, 창업 실패로 자살률이 높아지고 있다는 회색빛 기사 타이틀들이 눈에 띈다.

윤희는 뜬눈으로 지구의 자전만을 보며 밤을 새웠다. 잠을 자야지, 잠을 자야 해 라고 수없이 외쳤으나 잠이 드는 순간 지구가 멸망하거나, 꿈에서 탈퇴한 은찬의 주검을 마주하는 악몽을 꿀까 두려워 잠들 수가 없었다. 긴 적막 속에 우레처럼 '띠링'하는 소리가 들렸다. 이민수일까? 윤희는 급히 침대로 달려가 핸드폰을 확인했으나 이른 아침부터 스팸 문자 하나가 들어와 있다.

침대 위에는 윤희가 어제 벗어둔 옷가지들이 허물처럼 널브러져 있다. 윤희는 옷가지를 들고 다용도실의 세탁기 앞으로 간다. 옷을 세탁기에 집어넣고 또 함께 집어넣을 것들이 없는지 방안을 살핀다. 그러다 문득 옷걸이에 걸려있는 이민수의 재킷을 본다. 며칠 전, 날이 풀렸다고 얇은 재킷을 입고 나온 이민수가 생각보다 날이 차다며 차 안에 있는 패딩을 덧입었던 날, 아마 그때 패딩을 입느라 깜빡하고 윤희의 집에 두고 간 재킷임이 틀림없다. 윤희는 다시 이민수에게 전화를 건다. 그는 아직 깊은 잠에 들었는지 전화를 받지 않는다. 이렇게 엉망진창인 기분일 때 모자란 이민수는 전화조차 받지 않는다. 윤희는 그의 재킷 포켓에 손을 넣어본다. 유흥업소 찌라시는커녕 흔한 영수증 한 장 들어있지 않는, 텅 비었다고 표현할 수 있을 만큼 아무것도 들어있지 않는 그의 포켓. 윤희는 이런 이민수가 자신을 조금이라도 좋아하긴 하는 건지 궁금해졌다. 순간 그녀의 어깨를 짓누르던 불안의 무게가 발등까지 쏠려 내려왔음을 느낀다. 윤희는 순간 눈물이 터져 나와 주저앉아 무릎 위를 눈물로 적신다. 순간 그녀의 증오가 이민수마저 죽여버린 게 아닐까란 생각을 한다. 그리고 거실에 죽은 사람처럼 널브러진 그의 재킷을 본다.

작가의 말

 가끔 너무 슬픈 이야기를 하고 싶을 때가 있다. 내 감정에 휩싸여 무언가를 써 내려가다 보면 늘 알 수 없는 대화의 조각들만이 남았다. 그리고 내 안에는 형태 없는 감정과 이해하기 어려운 행위가 뒤를 이었다. 그것들을 쓸어 담아 시침질을 하듯 띄엄띄엄 서로를 이어갔다. 그렇게 '파스칼'의 초안이 탄생했다.

 '파스칼'은 몇 년 전 내 안의 슬픔을 다루는 방법을 잊었던 시기에 썼던 초안을 가지고 슬픔이 조금 가셔진 오늘날 이리저리 다시금 다듬은 이야기다. '파스칼'의 초안을 썼을 때만 해도 이 이야기가 세상에 나가게 될 줄 몰랐다. 한때 잠시 소설가를 꿈꿨으나 쓰고 싶은 이야기가 많지 않아, 내 이야기 말고는 쓸 줄 몰라 소설 쓰기를 멈췄고 그 이후 쭉 에세이만을 쓰게 됐다. 그리고 나의 도피처였던 음악이 내게 손을 내밀어 음악에 관한 일을 하게 됐다. 나는 수많은 음악 평론 글과 에세이를 썼지만 '파스칼' 이후 아무 <이야기>도 쓰지 않았다. 그렇기에 이 이야기는 오래전부터 지금까지 내가 만들고 싶었던 유일한 이야기일지도 모른다는 생각이 든다.

'파스칼'은 나의 경험과 내 주변의 이야기들이 모이고, 나의 상상력이 더해져 쓰인 이야기이다. 잠이 오지 않는 밤, 밤새 NASA의 영상을 보는 등의 행위들은 나의 버릇에서 비롯됐다. 나는 사람을 증오하지 않으려 하지만 내 안에서 시끄럽게 힐난하는 어떠한 감정들과 죽음에 대한 두려움을 모아 윤희를 만들었다. 그리고 깊은 슬픔과 어떠한 형질 모를 그리움을 모아 은찬을 만들었다.

오래 묻혀 있었던 '파스칼'을 꺼내 두 손으로 먼지를 털어내고, 세월의 때를 벗겼다. 행복한 시간이었고, 또 어려운 시간이었다. 이 시간을 기다려주고 많은 조언을 해준 이도형 작가에게 감사의 인사를 건네고 싶다. 그리고 이 이야기를 꺼낼 기회를 준 다정한 가가77페이지에게 고마움을 전한다.

이 이야기를 읽고 있을 독자들에게 수줍음과 부끄러움으로 가득 물든 여린 눈인사를 건네고 싶다. 아, 정말 '파스칼'이 세상에 나온다. 우주를 빙빙 돌아, 어둠을 탐험하다, 노트북의 하드 디스크 속을 유영하던 이야기가 빛을 본다. 빛을 본 만큼 많은 사람들의 어여쁨을 받을 수 있었으면…

감사합니다.

조혜림 드림

조혜림

음악 콘텐츠 기획자. 위로하는 자와 위로받는 자의 마음이 만나는 순간의 아름다움을 흠모한다. 마음을 받기만 하던 사람이 마음을 전하는 사람으로 변하는 기적을 꿈꾼다.

그러니까 이제는

임발

1

너에게 전화가 왔을 때 난 영화를 보고 있었다.

주인공의 이름이 아노라인 <아노라>라는 제목의 영화. 바지 주머니 안에서 묵직한 진동이 느껴졌다. 왜 그런 느낌이 들었는지 모르겠지만, 그때 난 평소와는 다르게 발신인이 누군지 확인하고 싶은 욕망이 강하게 들었다. 반짝이는 화면을 가린 채 스마트폰을 백팩에 조심스럽게 넣었다. 교양 있는 현대인이라면 영화 관람 예절은 지켜야 마땅했으니까. 가방 안을 들여다봤다. 발광하며 계속 진동하는 작은 직사각형 위에 뜬 건 아무래도 너의 이름인 것만 같았다. 순간

가슴이 쿵 내려앉았다. 다시 스크린으로 시선을 옮겼을 때 화가 난 아노라가 이제는 이름도 잘 기억나지 않는 극 중 남자에게 거리낌 없이 무례한 말을 내뱉고 있었다. 처음 만났을 때부터 아노라는 남자를 계속 무시했으나 그 말은 도를 한참 넘는 수준이었다. 순간 난 그 남자에게 몰입했다. 만약 내가 그런 얘기를 들었다면 난 과연 어떤 표정을 짓게 될지 궁금했다. 남자는 입을 다물었다. 감정 표현을 잘 하지 않았던 남자가 일부러 대꾸하지 않은 것일지도 모르겠지만. 어쨌거나 날이 잘 선 아노라의 말은 남자를 일순 얼어붙게 한 이유가 되기에 충분했다.

그 장면만큼이나 결말이 충격적인 <아노라>가 해를 넘겨 아카데미 시상식에서 작품상 포함 5개 부문을 수상할 줄은 그때 난 전혀 예상하지 못했다. 이야기의 전개가 다소 파격적이긴 하지만 난 <아노라>가 신데렐라 서사를 현대적인 감각으로 살짝 비튼 작품 정도라고 평가했다. 나는 영화 예술에 있어 확실히

감이 없는 사람이었다. 사실 감이 없던 게 그뿐만은 아니었다. 난 나를 잘 몰랐고 훗날 새로운 사실을 알게 되었다. 나 자신을 제대로 해석하지 못하는 것에 비하면 영화에 관한 빈약한 감은 애교 수준이었다는 걸.

상영관에서 나와 곧바로 스마트폰 화면을 켰다. 네 흔적을 지울 용기도 없던 내가 너의 이름을 텍스트로나마 마주했다는 사실이 믿기지 않았다. 잘못 본 것이 아니었다. 부재중 전화 1통. 넌 따로 문자를 남기지 않았는데 그건 딱히 놀랍지도 않았다. 너다웠다. 헤어지고 나서 처음 온 전화를 바로 안 받은 건 다행이었을 수도 있다. 난 무슨 말을 해야 할지 갈피를 못 잡고 몹시 당황했을 테니까.

회신을 한 건 다음 날 퇴근하면서였다. 약, 이 년 만이었다. 회사 근처 단골 카페에서 테이크아웃으로 건네받은, 자몽 허니 블랙 티의 적당한 온기가 왼손에 고스란히 전해졌다. 긴장이 조금 풀리는 듯했다. 난 오른손 엄지손가락으로 능숙하게 너를 검색했다. 그렇게 시간이 오래 지났어도 바로 엊그제처럼 익숙하게 널 찾을 수 있었다. 길게 숨을 내쉬고 통화버튼을 눌렀다. 무색무취의 기본 통화연결음이 귀에 꽂혔던 기억이 떠올랐다. 그 소리만으로도 커스터마이징 따위에는 전혀 관심이 없던, 너의 사소한 취향이 여전하다는 걸 알 수 있었다. 몇 번이나 같은 연결음이 지루하게 반복되어도 받을 기미가 보이지 않았다. 음성사서함으로 자동 안내 메시지가 넘어갈 즈음, 통화를 포기하고 종료 버튼을 누르기 직전이었다. 보이지 않는 저 너머에서 너의 목소리가 갑자기 들렸다.

"여보세요."

"……."

고작 그 한마디를 들은 것뿐인데 난 순간 말을 잇지 못했다.

"전화했으면 말을… 해야지."

네가 한 말에 난 바로 반응했다.

"어, 나야. 오랜만."

마음을 굳게 먹었는데도 긴장했는지 내 목소리가 조금 갈라졌다.

"그러게. 이렇게 목소리 들을 줄은 몰랐네."

"어제 갑자기 전화 와서 좀 놀랐어."

"음… 실은 어제 극장에서 봤어. 뒷모습이었지만 오빠 같았거든."

"……."

"난 영화 보고 나오는 길이었어. 정말 반가웠지만, 바로 아는 척을 하기가 그렇더라. 집에 가는 길에 한참을 고심해서 전화했어. 안 받길래 그럴 수 있겠다고 생각했지."

너의 상냥한 목소리를 분명 들었는데도 도무지 현실감이 느껴지지 않았다. 수없이 너에게 전화를 거는 상상을 했으면서도 단 한 번도 실행에 옮긴 적이 없었다. 더군다나 너에게 먼저 연락이 오는 경우는 우리의 마지막을 생각했을 때 정말이지 말이 안 되는 것이었다. 그런데, 그 일이 잘 짜인 거짓말처럼 일어난 것이다.

"영화 보고 있었어."

"그랬구나. 난 오빠도 영화 다 봤을 것 같아서 전화했거든."

"무슨 말을 해야 할지 모르겠네. 솔직히."

"오빠, 있잖아. 이렇게 다시 연락된 김에 우리 만나서 얘기 좀 할까?"

"……."

너는 다음 해에 내가 전혀 모르는 낯선 남자와 결혼했다는 사실을 나는 잘 안다. 내게만 잔인한 현실이었다. 모두 너의 새로운 시작을 축하했지만 난 차마 축복을 빌 수 없었다. 내가 아무리 무른 사람이라고 해도 헤어진 연인의 결혼까지 너그럽게 축하할 수 있는 정도의 인물은 아니었다.

"오빠, 내 말 듣고 있어?"

"……."

말문이 막혔다. 그래, 기억이 났다. 네가 마지막으로 남긴 메시지는 어떤 여지도 없이 냉정했고, 메시지를 전하는 목소리는 지나치게 냉랭했다. 관계를 유지하기 위해 어떠한 노력도 더는 하고 싶지 않다고 했다. 그럼 어떻게 해야 하나, 라고 생각하는 찰나에 넌 결정타를 날렸다. 더는 나와 만나고 싶지 않다는 간결한 문장으로. 그렇게 이별을 고했다. 단순하게 마음이 식어서였을까. 그게 아니라면 내가 무슨 잘못을 했던 걸까. 아무리 추측을 해봐도 너의 마음에 들어갈 수는 없으니 알 수가 없었다. 넌 헤어지는 이유를 정확하게 얘기해 주지 않았다. 답답해도 어쩔 수 없이 난 헤어짐을 인정했다.

돌이켜보면 전조가 없었던 것은 아니었다. 다정하고 애교 넘치던 말투가 지나치게 사무적이고 차분한 톤으로 변했고, 하루에도 서너 번 통화하던 빈도가 눈에 띄게 확 줄었다. 일부러 나를 피하는 게 뚜렷하게 느껴졌다. 그럴수록 더 초조하고 불안했던 난 악화된 상황을 반전시키고 싶었다. 다시 친밀해지고 싶은 욕심이 났던 난 여느 때보다 말을 더 많이 했다. 말이 많아지니 쓸데없는 말의 비중이 의지와 무관하게 높아졌다. 말과 말 사이 점점 길어지는 공백을 견디지 못해 의미 없는 말을 반복해서 쏟아낸 건 내가 저지를 수 있는 최악의 패착이었다. 궁지에 몰리니 여유가 사라졌다고 해야 할까. 예전처럼 다정하고 사랑스러웠던 시절이 돌아오기를 기다렸지만 그건 어디까지나 내 헛된 희망 사항일 뿐이었다.

　마지막이 될 줄 몰랐던 그날 이후에도 이해가 가지 않았던 너였다. 너는 내가 너를 마음껏 볼 수 있도록 내버려뒀다. SNS나 메신저를 차단하지 않았다. 나와의 연결은 그대로였다. 그런데도 왜 그렇게 멀게 느껴졌을까 곰곰이 생각해 보면 그건 아마도 네가 날 전혀 의식하지 않았기 때문일 것이다. 내게 단

하나였던 너라는 존재가 나를 제외한 모두의 존재가 된 듯했다. 틈이 나면 네 일상의 변화를 확인하는 내 초라한 행동이 우스웠다. 내가 널 끊어내지 못한다면 네가 차라리 날 막아주기를 바랐다. 내 눈에 네가 더는 보이지 않기를 바랐다. 이기적인 욕심이었을까. 난 자발적으로 나만 갇혀있는 지옥을 만들었다. 나 말고는 아무도 볼 수 없는 그런 지옥을. 이유를 알 수 없던 이별의 후유증은 내가 감내하기에는 제법 큰 편에 속했다. 그 이후로 난 누구도 만날 수가 없었다. 혼자인 시간이 점점 익숙해졌다.

실은 너에게 묻고 싶은 말이 많았다. 그런데 너는 우리가 만날 때에도 진짜 속내를 투명하게 보여준 적이 없었다는 게 뒤늦게 떠올랐다. 이를 악물고 참아냈다. 어차피 내가 묻는다고 솔직하게 답해줄 네가 아니란 걸 너무 잘 알고 있었다. 분노가 치밀고, 서글프고, 무기력하고, 답답했다. 또 참았다. 너에게 다시 가닿으려 하다가 그나마 아름다웠던 순간들을 내 손으로 훼손하고 싶지 않았다.

시간이 흘러 잔인했던 그날의 아픈 기억은 조금씩 흐릿해졌다. 이제 겨우 좀 나아지려나 막연하게 기대하고 있던 즈음이었다. 그러니 네가 다시 나타난 시점은 참 기가 막혔다. 나를 그렇게 떠났던 네가 태연하게 연락해서 만나서 얘기하자, 는 말을 아무렇지 않게 하고 있었다. 내가 회상에 잠겨 의도하지 않은 침묵으로 대응하고 있을 때 너는 이어서 말했다.

"오빠…, 아직 내가 미워? 그렇더라도 이해할 수 있어. 근데, 이제 시간이 좀 흘렀잖아. 우연히 오빠를 보고 직감적으로 알았어. 이제는 솔직하게 말해도 되겠다는 걸 말이야. 많이 늦었지만, 지금이라도 전 연인에게 최소한의 예의를 지키고 싶어. 그러니까 조금 도와줘. 그렇게 해줄 수 있을까?"

넌 조금도 달라지지 않았다. 진심으로 궁금해졌다. 무엇이 널 그렇게 당당하게 하는지 말이다. 그렇게 차갑게 나를 떠난 이유가 뭐였는지 말이다. 이제야 굳이 나에게 지키려는 최소한의 예의라는 말의 본질이 뭔지도.

"그래. 알았어. 토요일에 보자. 오후 2시쯤 괜찮아?"

"어, 좋아. 어디서 볼까?"

"거기서 보면 어때?"

"그 카페 말하는 거지? 알았어."

네가 거기라고 말해도 난 어딘지 바로 알아들었다. 여전히 너와 함께 만들었던 추억을 버리지 못하고 있다는 어이없는 증거였다. 헛웃음이 나왔다. 약속 당일이 다가올수록 머릿속이 복잡해졌고, 제멋대로 날뛰는 불안한 감정 덕분에 난 안절부절못했다. 너를 만나서 내가 어떻게 대응해야 할지 알 수가 없었다. 당황하지 않고 그게 가능할지 자신이 없었다. 만나는 게 맞는 것인지 의심스러웠다. 그렇다고 약속을 취소할 마음도 없었다. 다만, 고민이 깊어질수록 한 가지가 점점 또렷해졌을 뿐이다. 너를 만나서 제대로 된 매듭을 지어야 나도 과거의 깊은 늪에서 탈출해서 달라질 수 있을 것이라는 믿음이 바로 그것이었다.

꿈을 꿨다. 늘 그렇듯 꿈을 온전히 다 기억하진 못한다. 그러나 잠에서 깨기 전 꿈의 마지막은 희미하더라도 종종 뇌리에 남기 마련이다. 너는 웃고 있었다. 웃는 너의 표정이 선명했다. 꿈에서도 난 본능적으로 너의 뒤를 이리저리 살폈다. 어딘지 알 수 없는 낯선 거리였다. 함께 가 본 곳이 아니었다. 그런데, 난 알 것 같았다. 그 거리에 서 있는 너는 우리가 처음 만났을 때의 너였다. 그 정도로 환한 웃음은 그 뒤로 본 적이 없었다. 한 번도 꿈에 나타나지 않았던 네가 하필이면 이렇게 다시 만나기 전날 가장 눈부신 모습으로 나타났는지 난 이유를 전혀 몰랐다. 이유가 있을 거라고 애써 짐작해 보기도 했지만, 한 편으론 꿈은 논리와 무관한 영역이니까 너무 크게 의미를 두지 말자는 생각으로 꿈의 해석을 이르게 종료하였다.

너는 먼저 와서 기다리고 있었다. 연애할 때는 내가 항상 약속 장소에 먼저 나왔기에 난 놀라지 않을 수가 없었다. 너는 창밖을 바라보고 있었는데 내가 카페에 들어서자마자 곧바로 고개를 돌려 날 봤고 눈이 마주치자 조금도 망설이지 않고 어서 오라며 여유 있는 손짓을 하며 웃었다. 이 년이라는 시간이 흘렀는데도 너의 모습은 달라진 게 거의 없어 보였다. 나이에 비해 유난히 투명했던 피부도 여전했고. 나는 네가 앉은 자리 가까이 다가가 선 채로 멍하니 너를 바라봤다. 그런 내게 정신 차리라는 듯 넌 낮은 목소리로 짧게 말했다.

"오빠, 앉아."

"어? 어."

"오느라 힘들었지?"

"어. 그래. 오랜만이야. 얼굴 좋아 보이네. 하나도 안 변했어."

"오빠는 좀 변했는데? 힘들었구나."

"마음에 담은 말을 꼭 하는 건 여전하네."

"에이, 농담이야. 오빠야말로 예민한 건 여전하네."

"뭐, 내가 좀 예민하긴 하지. 그건 인정해."

"마실 건 내가 미리 시켜놨어. 오빠랑 내가 늘 마시던 걸로. 괜찮지?"

"그래. 잘했어. 근데 말이야. 갑자기 이렇게 만나자고 한 이유가 뭔지 난 지금도 잘 모르겠어."

"그건 차차 얘기해."

"이런 말 하면 좀 그렇지만 혹시 결혼 생활이 순조롭지 않아?"

역시 너를 보니까 우리의 끝이 떠올랐다. 쓸데없이 공격적인 말이 나도 모르게 튀어나왔다.

"부정적인 쪽으로 상상하는 습관은 꼭 고쳤으면

좋겠다."

너는 굳이 왼손을 펼쳐 보였다. 약지에서 빛나는 반지를 보여주며 너는 내 예상이 완전히 빗나갔다는 것을 친히 알려줬다. 결혼반지를 끼고 다니는 사람이 흔치 않은 요즘 세상이니 너의 그 행동은 유난히 동작이 큰 신인 배우의 연극 연기처럼 도드라지게 느껴졌다. 너는 결혼 생활에 아주 만족하고 있으며, 안정적인 삶이 어떤 것인지 알게 되었다고 말했다. 사소한 것으로 의견 대립이 있었던 적은 있어도 신뢰를 잃을 만큼 격하게 싸운 적은 단 한 번도 없었다며 남편의 성품을 직설적으로 칭송했다. 남편이 함께 가정을 꾸려가기에 더없이 적합한 사람이라는 걸 숨기지 않았다.

"흔히 결혼할 사람은 따로 있다는 말. 나는 그 말이 정말 폭력적이라고 생각했거든. 인간이 살다 보면 보통 상대를 바꿔가며 연애를 여러 번 하기 마련이잖아. 그런데 결혼은 일생에 한 번 해서 평생을 약속하는 제도인데, 결혼 전까지 만난 사람들은 다 들러리였다는 말인가 싶어서. 또, 그냥 결혼하는 것뿐인데 남들보다 우월한 것처럼 돌려 말하는 것 같아서 난 그게 싫었어."

"지금은 아니라는 말처럼 들리네."

"어, 맞아. 내가 경험해 보니까 인정하기 싫었던 그 말이 맞더라."

"그래, 네가 행복하면 된 거지."

"오빠는 만나는 사람 없어?"

너는 아무렇지 않게 말을 건넸다. 나에게 어떠한 감정도 남아 있지 않다는 듯.

"어, 없어. 지금이 좋아."

"왜 거짓말처럼 느껴지는지 모르겠네."

"이제 본론을 말해봐. 그때 왜 그랬는지. 또 지금 왜 이러는 건지."

"내가 연락해서 반가웠던 건 맞지? 무시할 수도 있었잖아."

"……."

"지금부터 얘기해 줄게. 아마 내가 헤어지는 이유도 말해주지 않아서 지금도 오빠는 상처받기만 했다고 생각하고 있을 거야. 맞지?"

순간 뜨끔했다. 너의 말에 움찔했다. 반박할 수가 없었다.

"오빠는 평생 상처를 받기만 했다고 여길 텐데, 절대 그렇지 않아. 오빠도 때로는 누군가의 마음을 다치게 할 수도 있다는 사실을 알려주고 싶었어. 맞아. 얘기 안 해도 상관없지. 전 연인한테 이런 얘기해줘서 나한테 득 될 건 전혀 없으니까. 우리가 만난 건 일 년 정도잖아. 짧지는 않았지만, 또 따지고 보면 그렇게 긴 시간도 아닌데 왜 자꾸 오빠가 떠오르는지 처음에는 나도 잘 이해가 안 갔어. 심지어 난 결혼까지 한 사람인데 말이야. 인정할 수밖에 없었어. 우리가 제대로 이별하지 않아서 그런 거구나, 라고. 비록 난 오빠의 마지막 인연은 아니었지만, 오빠가 다음에는 좋은 사람을 놓치지 않길 진심으로 바라고 있더라."

너는 내가 투명하게 나 자신을 마주할 수 있다면 달라질 가능성이 있다고 판단했다고 말했다. 그러면서 너의 얘기를 듣고 불편하더라도 있는 그대로 받아들여 주기를 바랐다. 그것만 약속해 줬으면 한다는 너의 부탁은 그다지 명쾌한 느낌이 들지 않았다.

"나도 이 자리에 쉽게 나온 건 아니니까. 그리고 내가 하는 말은 전문가의 의견이기도 해. 직업윤리에 어긋나는 일이지만 오빠만 괜찮다면 그건 내가 알아서 감수할 일이고."

"잠깐만, 다른 건 다 알겠는데… 전문가의 의견? 그건 무슨 말이야?"

"내가 어떤 일 하는지 지금도 잘 모르지?"

일 년을 만났으면서도 네가 정확하게 무슨 일을 하는지 난 잘 몰랐다. 그때 넌 어떤 센터에서 일한다고 했다. 네가 어떤 말을 하면 그걸 듣고도 난 특별하게 호기심의 가지를 키우지 않았다. 네가 얘기해 주는 만큼만 겨우 들었을 뿐이다. 어떤 직업에 종사하고 있는지 자세히 묻지 않았다. 어차피 너도 자세하게 말하고 싶은 마음은 없는 것처럼 보였는데 어느 날 갑자기 내게 자신이 무슨 일을 하는지 궁금하지 않냐며 대뜸 물었다. 난 사생활을 캐묻는 건 예의에 어긋나는 일이라고 급하게 둘러댔다. 그러나 실은 그다지 궁금하지 않았던 게 더 정확한 이유였다. 너를 사랑하면서도 너의 세계를 몰랐다. 사랑하는 연인이라고 해도 모든 걸 굳이 알아야 할 필요가 없다는 게 나의 가치관이었다.

"나, 상담해. 오빠는 내 연인이기도 했지만, 비공식적으로는 나의 내담자이기도 했어. 이제라도 얘기하니까 좀 낫다. 아무튼 오빠를 관찰했던 걸 이제야 말해서 미안해. 그리고….”

너는 직업에 있어서는 자세하게 더 묻지 않는 내가 더 좋았다고 했다. 그래서 내가 특이한 경우였다고 말하는 너를 보며 어떤 표정을 지어야 할지 난감했다. 나의 무관심이 너에게 의도하지 않은 매력으로 다가갔다니. 넌 차분하게 계속 말을 이어갔다. 하필이면 이전에 만났던 사람들은 하나같이 너의 직업에 지나치게 몰입해서 넘지 말아야 할 선을 종종 넘었다고 했다. 이를테면 너나 너의 전 연인의 행동에 관해 심리학적으로 어떤 의미가 있는지 집요하게 묻거나 친구들의 연애 문제 따위를 비공식적으로 진지하게 상담해 주길 원하거나 하는. 그때마다 센터로 와서 상담받아야지, 라며 웃으면서 대답하는 것도 여러 번 반복 되니 지칠 수밖에 없었다고 했다.

넌 옆자리에 놓인 가방에서 작은 무언가를 꺼냈다. 흰 바탕에 필요한 만큼의 최소한의 검은 색 텍스트가 새겨진, 세련된 명함이었다. 난 명함을 집어서 유심히 보았다. 가운데 상호가 적혀 있었고, 좌측 아래에 익숙한 너의 이름이 보였다. 또 그 옆에 이어서 작은 글씨로 심리상담사라고 적혀 있었다. 두어 번 명함과 너를 번갈아 바라봤다. 앞에 앉아 있는 네가 순간적으로 달라 보였다. 상투적인 배경의 힘이 이렇게 큰 거였구나. 분노, 배신감, 후회, 원망 따위의 뻔한 감정이 들어설 틈이 없었다. 그때 제대로 묻지 않았던 내 탓이 더 컸다. 아주 오랜만에 밀도 높은 호기심이, 뒤늦은 궁금증이 몰려왔다.

"현대인들 대부분은 가면을 쓰고 살아. 오빠도 가면을 쓰긴 썼거든. 근데, 뭐랄까. 오빠는 멀리서 보면 평범한 사람 같아 보이지만 가까이에서 자세히 보면 그렇지 않았어."

"그게 무슨 말이야? 그래서 내가 어떤 식으로 평범하지 않았는데?"

"사람들은 어떤 가면에 쓰느냐에 따라 사람이 다르게 느껴지는 게 보통이거든. 오빠는 달랐어. 어떤 가면을 쓰더라도 그냥 오빠 한 사람 같았어."

"좀 쉽게 얘기해줘."

"음, 어떤 행동을 할 때 오빠는 의도를 잘 숨겼다고 믿었겠지만, 그게 나에겐 하나하나 다 보였거든. 정말 투명했어. 그래서 오빠가 되게 나이스한 사람이 아니라는 걸 눈치채는 건 어렵지 않았지. 내가 완전히 푹 빠질 정도는 아니었는데 말이야. 근데, 사람 마음을 연구하는 나도 참 알 수가 없나 봐. 중이 제 머리 못 깎는 걸까. 불완전하고 문제가 있는 오빠가 난 왜 그렇게 좋았는지 몰라. 아니 그래서 더 좋아했는지도 모르겠다."

너에게 난 어떤 존재였을까. 네가 관찰한 나란 사람은 어떤 사람이었을까. 난 내게 문제가 있다고 의심하지 않은 채 평범한 삶을 살아왔다고 믿었다. 난 예의 바르고, 조금 무심한 면이 있지만 다정하고, 배려심이 강하다. 남에게 어떤 해를 가한 적도 없었다. 반대의 경우는 종종 있었다. 내가 타인의 무례한 가시에 아프게 찔릴 때마다 속으로 삭혀왔다. 난 양처럼 순한 사람이다. 너는 그런 내가 문제가 있다는 걸

예고했다. 입이 바짝 말랐다. 마음의 각오를 단단히 할 수밖에 없었다.

넌 내 예상보다 긴 시간을 들여 우리의 지난날과 나에 대해 차분하게 얘기했다. 네가 분석한 우리의 연애는 내가 기억하는 바와 전혀 다른 형상을 띠고 있었다. 우리는 짧지 않은 시간을 함께 보냈지만, 서로가 인지하는 추억의 색깔은 여러모로 달랐다.

2

우리가 본격적으로 어긋나기 시작한 건 내 짐작과는 다르게 연애 초기였다고 너는 말했다. 모든 걸 너에게 맞췄던 내가 마치 다른 사람처럼 달라진 것이 연애가 시작되고 겨우 두 달 남짓 지났을 때라는 뜻이었다. 흔히 말하는 권태기가 빠르게 와서인지 넌 정확하게 기억한다고 했다. 겨우 두 달이라니. 내가 그렇게 빨리 눈에 띄게 변했다는 사실을 받아들이기가 어려웠다. 서로를 탐색하던 시점에는 너의 마음을 얻기 위해서, 연애를 시작하고 나서부터는 그 마음을 놓치고 싶지 않아서, 사력을 다해 달콤한 말을 쏟아낸 연인이 바로 나였는데 말이다. 이별하기 전까진 난 변함없이 그랬다고 믿어 의심치 않았는데 넌 그게 아니란다. 내가 하는 말의 성격이 그즈음 눈에 띄게 달라졌다고 했다. 진심에서 우러나오는 말이 아니라 어떤 상황에서도 그저 부드럽게 넘기고 싶어서 무의식중에 하는 말로 들렸다고 했다. 느껴진 게 아니고 그렇게 들렸다고 확언하는 너의 확신이 생경했다.

"그랬다면 왜 그렇게 달라졌냐고 나한테 얘기할 수 있었잖아."

"보통 사람이라면 초조해서 그랬겠지. 근데, 난 상담하는 사람이야. 내가 그렇게 물어봐도 아마 절대 아니라고 잡아뗐을 거야. 내 눈엔 훤히 보였어. 오빠가 어떻게 나올지. 잘 생각해 봐. 솔직히 그랬을 것 같지 않아?"

"난 달라졌다고 인정했을 거야. 너도 나 거짓말 못하는 거 잘 알잖아."

"아니, 오빠는 선의의 거짓말이라고 생각하면서 자기 자신을 속였을 거야. 달라졌음을 인정하지 않았을 거야. 왜냐하면 오빠는 나를 아주 많이 좋아했으니까. 그때 달라졌다고 솔직하게 시인하면 우리가 금세 헤어질 수도 있다는 걸 외면하고 싶었을 테니까."

난 아니라고 말할 수 없었다. 최선을 다해 변명했을 것이다. 내가 달라졌다는 사실을 절대 인정하지 않았겠지. 가만 돌이켜보니 그즈음부터 그랬던 것 같다. 너와 데이트할 때 내가 기계적으로 칭찬을 하기 시작했던 게. 내가 변하고 있다는 사실을 명확하게 알고 있었는데도 계속 만남을 이어간 이유가 뭔지 난 갑자기 의문이 들어서 물었고 넌 여유 있게 대답했다.

"오빠는 포커페이스가 안 되는 것도 모자라 심지어 그 사실을 전혀 모르는 사람이야. 그게 매력적이었어."

투명하게 속내가 비치는 그 점이 너의 호기심을 자극했다고 한다. 너의 선호나 취향도 평범한 편은 아니었다는 사실이 마침내 밝혀진다. 그때부터 넌 나를 연인보다는 연구 대상으로 보고 있었던 건 아니었을까. 넌 나를 관찰하는 게 즐거웠다고 했다. 너에게 있어 난 사랑의 대상이었던 걸까. 연구의 대상이었던 걸까. 너의 얘기가 예측 불가의 흐름을 탈수록 계속 듣고 싶은 마음이 요동쳤다. 갈구했다. 네가 바라보는 나. 내가 인식하는 나. 둘 사이의 다른 점이 커지면 커질수록 묘한 쾌감이 날 계속 보챘다. 더 얘기해 줘. 더 자세하게 얘기해 줘.

넌 내가 지나치게 계산적이라고 했다. 감정, 돈, 시간 등등. 모든 면에 있어서 모자라거나 넘치지 않도록 조절하려고 애썼다고 했다. 그게 잘못된 것인지 난 몰랐다. 사실 그렇게 해야 문제가 생기지 않는다고 믿었는데 넌 그런 나의 태도가 때로 문제가 될 수 있다고 말했다. 계산적인 성향은 너에게 곧 간파당했고, 넌 예측한 그대로 행동하는 날 보면서 다른 욕망이 솟아났다고 말했다. 내가 얼마나 오래 같은 태도를 유지할지가 궁금했고, 넌 너의 인내심을 시험해 볼 수 있는 좋은 기회로 받아들였다. 난 그렇게 일 년 가까이 너에게 헌신하고 있다는 걸 전혀 의심하지 않았는데 넌 전혀 다르게 받아들이고 있었다. 착각이 심해도 너무 심했다. 동상이몽. 그래서 헤어지기 얼마 전부터 넌 나의 에누리 없는 태도를 신중하게 티 나지 않게 따라 했다고. 너는 원래 주는 것에 익숙한 사람이었는데 나란 사람에 동화되면서 설혹 강점이라고 자부했던 본성이 사라질 것 같아서 걱정되었다고 했다. 그럼에도 불구하고 넌 너의 모습을 보고 거울 보듯이 내가 내 자신의 태도를 깨닫기를 바라는 마음이 간절했더랬다. 그런데 실제로 계산적인 태도를 따라 했던 후유증이 예상보다 많이 심했다. 너는 나의 행동을 흉내 내다 진짜 그런 계산적인 사람이 되어 버렸다고 믿는 지경까지 이르렀다고 했다. 그 점이 너의 비밀스러운 연구가, 너의 사랑이 중단되는 결정적인 원인 중 하나였다고 했다. 헤어지기 직전에 왜 그렇게 네가 달라 보였는지 알 듯했다. 네가 보여 준 행동이 결국 내 모습이나 다름없었다니. 난 내가 그렇게 계산적으로 관계를 이어나가고 있는 줄은 미처 인식하지 못했다.

"비단 나한테만 그러진 않았을 거야. 다른 사람들하고 인간관계를 맺을 때, 오빠 마음이 어땠는지 잘 생각해 봐. 근데, 그 와중에 참 다행인 건 적어도 내가 본 오빠는 다른 사람을 막 이용하려고 하지는 않았던 것 같아. 따지고 보면 받은 만큼은 주려고 엄청나게 애썼거든. 그게 참 안쓰럽기도 했어. 어쩌면 그것도 쉽지 않은 거니까."

넌 거침없이 계속 말을 이어갔다. 내가 너의 말을 다 소화하기도 전에 한 다음 말은 나를 더 놀라게 했다. 넌 내가 타인에게 지나치게 의존적이면서도 혼자인 것을 너무 좋아한다고 했다. 그 모순이 사람을 지치게 하였단다. 예를 들면, 넌 내가 스스로 결정해야 할 것들을 너에게 너무 자주 물어서 당황스러울 때가 많았다며 고개를 갸웃거렸다. 내가 자존감이 낮은 줄은 익히 알고 있었지만, 그 정도로 자기 자신을 믿지 못하는 사람은 드물었다고 말했다. 한편으로는 서로의 집이 꽤 멀어서 자주 만나지 못하는 대신 통화를 자주 했는데, 내가 그걸 힘들어하는 것이 너무 티가 났다고 했다. 그렇게 외로워하면서도 혼자 있기를 간절히 바라는 내가 참 안쓰러워서 처음에는 따뜻하게 안아주고 싶었으나 나의 모순적인 태도가 지속되자 나중엔 숨이 막혔다고 했다.

난 묻지 말아야 할 것을 묻고, 물어야 할 것을 묻지 않았다.
인정할 수밖에 없었다. 난 그런 사람이었다. 가장

긍정해야 할 나 자신을 가장 믿지 못하는 사람. 그런 나의 성향은 상호작용이 절실히 필요한 연애라는 상황에서 너무 취약했다.

"내가 버거워하는 게 다 느껴졌어?"

"그걸 모르는 게 더 이상하지 않을까?"

"난 힘든 티를 내지 않으려고 안간힘을 썼는데 그게 별 소용이 없었구나."

"아니야. 노력하는 건 알 수 있었어. 그래서 나도 나름대로 애를 썼지. 감정을 숨기지 못하는 건 장점이기도 했어. 인간적이잖아. 언제나 평균 범위 내에서 평정심을 일정하게 유지했다면 그게 더 삭막했을지도 몰라. 그것보다 힘들었던 건⋯ 아마 오빠도 알고 있겠지? 오빠는 날 진심으로 궁금해하지 않더라. 전혀, 라고 해도 과언이 아닐 정도였어. 처음엔 의례적인 질문을 하기라도 했는데 나중에는 그것마저 안 했어. 물론 질문하고 답을 별로 기다리지 않는 오빠 태도도 참 한결같았지."

내 치명적인 약점을 너는 이미 알고 있었다. 변명할 여지가 없었다. 나에 관한 너의 관심에 비하면 난 너를 알아가려는 노력 자체를 안 한 것이나 다름없지 않냐고 넌 재차 확인했다. 미안하고 아팠다.

"맞아. 어쩌면 난 사랑할 자격이 없는 사람이었는지도 모르겠다."

"사랑하는데 자격이 따로 필요한 건 아니라고 생각해. 내가 아는 오빠는 좀 서툰 사람이었을 뿐이야. 자책하지는 마. 그리고…."

"우리가 헤어진 이유가 또 있어?"

"어, 맞아. 오빠가 생각하기엔 뭐일 거 같아? 많이 생각했을 것 같은데 한번 말해봐."

"음, 지금까지 얘기해 준 것만 해도 이제는 충분하게 느껴지는데 뭐가 더 남았을지 잘 모르겠다."

"우리가 헤어지기 직전의 상황을 생각해 봐."

"혹시 연락 자주 한 것?"

"맞아. 나한테 집착이 너무 심했어."

"그건 집착이 아니라 네가 너무 연락이 안 되니까 그랬던 것뿐인데……."

"그때 난 상담이 몰릴 때였어. 스트레스가 심했던 때였는데 오빠는 날 내버려두지 않았어. 내가 그렇게 바쁘다고 해도 전과 비슷하게 연락하길 원했어."

"난 최대한 처음 모습을 유지하려고 애썼어. 그건 네가 바라던 거였잖아."

"상황이 바뀔 수도 있잖아. 오빠는 내 상황을 전혀 고려하지 않았어. 왜 내가 연락이 뜸할 수밖에 없는지 묻지도 않았고. 그때 난 깨달았어. 이 사람은 날 정말 모르는구나."

관계를 유지하기 위해서 내가 한 치열한 노력을 집착으로 기억하고 있을 줄이야. 난 갑자기 근원적인 의문을 다시 떠올랐다.

"근데 말이야. 그때 헤어지면서 왜 이유를 얘기해 주지 않았던 거야?"

"내가 그때 솔직하게 말했다면 오빠는 나한테 더

집착했을 테니까. 나한테 계속 매달릴 게 훤히 보였어. 그건 내가 정말 감당할 수 없었을 것 같았어. 아무리 상담하는 사람이라도 해도 나 역시 사람이니까. 그땐 그렇게라도 도망치는 게 내겐 유일한 선택지였어. 미안해. 그건 진심으로 사과하고 싶어."

"그래, 이제 다 얘기한 거야?"

"오빠, 내 얘기 쭉 들었으니 알겠지만, 지금까지 얘기한 건 평범한 연인들이 점점 어긋나는 과정하고 비슷하지 않아? 사실 오빠랑 헤어질 결심을 하게 된 진짜 이유는 따로 있어."

"아직 남았다고?"

"어, 아직 하나 남았어."

"그게 뭔데?"

"나르시시스트라고 들어봤어?"

"나르시시스트? 자기 자신을 너무 사랑하는 사람 아닌가?"

"음… 그것도 맞긴 해. 근데, 본질을 어떻게 설명

해야 오빠가 이해하기 쉬울지 모르겠네. 간단히 말하면 나르시시스트는 자기애성 성격장애로 분류돼. 아까 말했던 거 기억 나? 평범한 사람 같아 보이지만 가까이에서 자세히 보면 그렇지 않았다고 했던 것 말이야."

"어, 그 말의 숨은 의미가 뭘지 궁금했어. 이제 거의 다 이해가 되었는데 다시 처음으로 돌아간 것 같네."

"맞아. 그렇게 느낄 수도 있겠다. 지금까지 오빠의 여러 가지 면을 한참 얘기했는데 내가 아직 하고 싶은 말이 남았다고 하니까. 오빠는 언뜻 보면 평범했지만, 자세히 살펴보면 나르시시스트의 성향이 있었어. 쉬운 예를 들면, 아까 오빠가 나를 궁금해하지 않았다고 말한 것도 사실 그런 이유였을 거고."

"내가? 그건 좀 충격이네."

"오빠는 자기 자신을 정말 사랑하는 사람이었어. 나를 진심으로 사랑하는 것보다 나를 사랑하고 있는 오빠 자신에게 더 빠져 있었거든. 우리가 헤어질 즈음 집착한 건 아마 오빠가 구축한 완벽한 연인처럼 보이는 그 모습이 사라질 수도 있다는 걸 용납할 수 없어서였을 거야. 근데, 오빠가 어쩌면 나르시시스트의 늪에서 빠져나올 수 있다고 내가 믿게 된 건 역설적으로 이별한 이후였어. 신기하게도 그때부터 바로 오빠의 집착이 사라지더라. 힘들었겠지만 어쨌거나 이별을 받아들이는 것도 좀 신기했어. 보통 나르시시스트는 절대 안 그러거든. 바뀐 상황에 자기 자신의 영향도 있을 수 있음을 외면하며, 그 때문에 그 바뀐 상황을 애초에 잘 인정하지 않아. 그래서 나도 오빠를 틈틈이 보고 있었어. 오빠에게 남아있는 그런 성향이 아예 사라졌으면 하는 마음으로. 지금까지 관찰한 결과 오빠는 자기의 의지로 나르시시스트의 성향을 내려놓을 수도 있는 사람이라는 내 오랜 가설을 확신하게 되었어. 그래서 내가 먼저 만나자고 하고 지금 이렇게 솔직하게 얘기하는 거야. 아! 우연히 극장에서 오빠를 보게 되어서 시기가 좀 당겨진 건 있지. 물론, 학계에서는 내 주장이 아직 충분하다고 할 수 없을 정도로 검증이 부족해서 다소 위험할 수도 있다고 말할 수도 있겠지. 그렇지만, 난 자신 있어. 오빠를 통해 분명히 가능성을 봤으니까."

3

 전혀 예상하지 못한 마지막 이유까지 너의 얘기는 한 시간가량 계속되었다. 넌 남김없이 모든 걸 다 말해주고 나니 속이 후련하다고 말했다. 나도 마찬가지였다. 시원했다. 그럴 리가 없어, 라고 믿었던 일들을 사실이라고 인정해야 하는 순간이 온 것이다. 그러나 왜인지 허무함도 뒤늦게 몰려왔다. 어쩌면 난 알고 있으면서도 외면했었는지 모르겠다. 설마, 하면서도 인정하고 싶지 않았던 내 마음과 행동을.
 네가 나에게 궁금한 것은 더 없냐고 해서 마지막

으로 물었다. 나와 만나는 동안 힘들었겠지만, 그래서 헤어졌겠지만, 그래도 추억하고픈 행복한 순간이 있긴 있었는지 무엇보다 그게 가장 알고 싶었다. 난 왜 그런 순간이 있기를 간절히 바란 걸까.

"그러니까 오빠를 만나지 않았을까? 어느 정도 시간이 흘렀으니까 내 말을 이해해 줄 수 있을 것 같았어. 지금 내가 오빠를 만나면서 힘들었던 순간을 많이 얘기했다고 해서 행복한 순간이 없었다고 오해하지 마. 그랬다면 오늘 이 자리도 만들지 않았을 테니까. 오빠는 서툴고 이기적이기도 하지만, 난 오빠가 충분히 좋은 사람이라고 생각해. 인간은 원래 완벽하지 않잖아. 나랑 타이밍이 안 맞았을 뿐이야. 우리가 좀 더 성숙할 때 만났더라면 더 오래도록 좋은 연인이 되었을 수도 있었겠지. 근데, 뭐 인생은 알 수가 없더라고. 그리고 나도 내가 이렇게 빨리 결혼할 줄은 몰랐어. 인연이라는 게 그런 거지. 이제 그만 힘들어하고 오빠랑 잘 맞는 사람 만났으면 좋겠어. 오빠는 그럴 자격이 있는 사람이야. 아, 맞다! 그리고 오빠 이것도 받아줘. 오빠가 나 이후로 연애를 안 하고 있다는 건 건너 건너서 알고 있었어."

너는 가방에서 다시 뭔가를 꺼냈다. 다소 묵직해 보이는, 얼핏 보면 책으로 보이는 것을.

"이게 도움이 되었으면 좋겠어. 오늘 내가 말이 많았지만, 실은 이것 때문에 오빠를 보자고 했는지도 몰라. 꼭 주고 싶어서 가지고 왔지만, 조금 전까지도 줄지 말지 되게 고민하고 망설인 게 사실이야. 근데, 아무래도 오빠를 위해서 주는 게 낫겠어."

네게 나에게 건네준 건 논문이었다. 맨 앞 장에 『나르시시스트의 근본적인 한계와 개선 가능성』이라고 큼지막한 글씨로 쓰여있었다. 연구 주제이자 제목이 내 시선을 사로잡았다. 너는 논문에 나에 관한 얘기도 조금 포함되어 있다고 말했다. 너는 너와의 이별에 대처하는 내 사례를 자신이 나르시시스트인 줄 모르는 상태에서도 나르시시스트 성향을 내려

놓고 변화하고 개선될 가능성을 보여준, 아주 희귀한 경우로 서술했다고 말했다.

"익명으로 썼어. 오빠라는 걸 아는 사람은 나밖에 없어. 좋은 사람 만나기를 바라면서 주는 거니까 오해하지 말아줘. 이게 완벽한 정답은 아니겠지만 참고하면 분명히 오빠한테 도움이 될 거야. 그리고…."

나에 대해 분석한 자세한 사례의 전문은 직접 읽어보라고 말하던 너. 너는 마지막까지 날 놀라게 하는 재주가 있었다. 태연한 척 대화를 마무리하기 위해 물었다.

"그래… 고맙다. 이제 어디로 가?"

"집으로 가야지. 남편은 오늘도 출근했는데, 조금 있다가 들어온대. 나랑 같이 늦은 점심을 먹고 싶대. 이런 게 소소한 행복이더라. 같이 밥 먹고, 평범한 하루라도 서로의 일상을 궁금해하고 걱정하고 챙겨주는 것 말이야. 오빠도 그런 사람 꼭 만나기를 바랄게. 오늘 시간 내줘서 나도 고마웠어."

우리는 가볍게 악수하며 웃었다. 손을 맞잡으며 네가 보여준 표정은 어제 꿈속에서 봤던 화사한 미소와 퍽 닮아 보였다. 어쩌면 예지몽이었을 지도 모르겠다. 그렇게 우리는 완전하게 한 번 더 헤어졌다. 이 년 동안 유예되었던 진짜 이별. 이제 다시 너를 만날 일은 없겠지. 집으로 돌아오는 길에 네가 한 많은 이야기를 계속 반추했다. 모두 다 받아들이기에는 아직 버겁다. 그리고 아무리 돌이켜봐도 너의 인생에서 나는 주인공이 아니었던 것 같다. 내가 수없이 스치는 단역에 불과했다는 뼈아픈 사실을 받아들여야만 했다. 네가 내 손에 쥐여 준 너의 최신 논문이 부인할 수 없는 명백한 증거였다. 완벽한 이별의 해석본이었다. 그러자 문득 <아노라>의 그 남자가 다시 떠올랐다. 아노라의 인생에서 그가 주인공이 아니었기 때문이었을까. 왠지 모르게 유난히 서글퍼 보였던 그의 마음을 어렴풋이 알 듯했다.

그래도 우연에서 시작된 의외의 재회로 인해 이별의 전말을 꽤 자세하게 알게 된 것은 나에게 크나큰 행운이었다. 내가 미처 알지 못한 나라는 사람이 너에게 꼭 들어맞는 사람이 아니었다는, 그토록 인정하기 싫었던 단순한 진실을 알게 되었으니. 그것만으로도 기대보다 큰 성과를 거둔 셈이다. 다행이라고 해야 하겠지. 이제부터 새로운 사람으로 거듭나기 위한 지난한 과정이 기다리고 있다. 그러기 위해서 난 더는 외면하지 않을 것이다. 우선 너에 관한 것들을 이제는 지우고 끊어내려 한다. 이를테면 너의 전화번호, 너의 SNS, 너의 사진들 같은 것들을. 그러니까 그저 흔한 것들을. 내게 여전히 남아있던 너의 흔적들을. 그러니까 이제는.

작가의 말

이렇게 너를 쓰는 게 맞는지 잘 모르겠지만

 난 지금도 우리가 왜 이별했는지 정확하게 모른다. 그저 추측할 뿐이다. 그때 내가 했던 행동과 말. 그게 문제였을까. 다시 그때로 돌아간다면 모조리 거둬들이고 싶은, 아차 싶었던 순간들 말이다. 너와 함께 만들었던 빛나는 추억의 순간들이 온종일 머릿속에서 수없이 반복해서 상영된다. 제발 멈추고 싶다는 마음이 간절하다. 하지만 그럴수록 내 바람과 달리 더 많이 네가 떠오른다.
 아름다운 순간들과 너무 달랐던 마지막은 아직도 내가 감내하기엔 좀 아프기도 할뿐더러. 왜 그렇게 갑자기 날 떠나갔는지, 이유조차 말하기 싫을 정도로 힘들었는지 알 수 없는. 그 무지는 아직 옅어질 기미가 보이지 않는 고통의 근원이다. 아는 것도 고통일 수 있지만, 모르는 고통에 비할 바가 되지 못한다.

종종 난 상상했다. 네가 나에게 다시 손을 내미는 그런 일을. 상상 속에서 넌 전화를 걸어오거나, 문자를 한 적도 있고, 심지어 우리가 함께 갔던 어떤 공간에서 우연히 만난 적도 있다. 넌 나에게 왜 그랬는지 하나씩 차례대로 차분하게 설명한다. 너와 내가 다시 연결되는 순간을 몇 번이고 지치지도 않고 내 마음대로 그려본다.

현실에서 그럴 일은 절대 일어나지 않는다는 걸 난 잘 안다.

네가 만약 심리상담사라면 나에게 어떤 말을 해줄지 상상하며 허구의 이야기를 썼다. 이 이야기, 다시 말해 소설이 직접 겪은 실제 일처럼 생생하게 보일지라도 자세히 뜯어보면 현실과는 조금씩 다 다르다. 소설이라는 장르의 장점이다. (만약 이 소설을 누군가가 읽었을 때, 마치 자신이 겪은 현실처럼 느껴진다면 그건 아마도 비슷한 일을 실제로 겪었을 확률이 높다.) 난 소설을 쓰는 사람이다. 상상의 여러 조각을 재조립해서 썼다. 현실에서 일어날 가능성이 희박한 일이 기적적으로 발생하기를 바라는 마음으로. 소설가답게 이별을 애도하는 마음으로. 인물을 설정하고 이야기를 창조하고 지우고 다시 고치는 과정을 반복하면서 마침내 완성했다.

쉽게 써질 리가 없다고 예상은 했지만, 이 정도일 줄은 미처 몰랐다. 마지막 그 짧은 순간을 떠올리는 것만으로도 너무 고통스러웠으니까. 그렇지만, 이렇게라도 쓰지 않으면 난 언제까지라도 두고두고 나를 계속 미워할 것만 같았다. 나를 계속 괴롭히는 자학의 시간을 줄여보고 싶은 게 솔직한 심정이었다. 지금은 비록 형벌의 순간들을 매일 같이 겪고 있지만, 먼 훗날에는 아픈 기억들이 희미해지고 아름답게 빛나던 순간들만 오롯이 남기를 기대해 본다.

새삼스럽게 우리가 만난 지 얼마 되지 않았을 때가 떠오른다. 서로를 아끼는 눈으로 바라봤던 어떤 날, 너는 웃으면서 날 사랑한다고 말했다. 그 담백한 말이 참 좋았다. 이제는 그것조차 진실이었는지 자신할 수 없지만. 아니, 진실이었다고 해도 이제는 과거의 일이 되었지만. 소설을 다 쓴 뒤 소회를 담은 이 글을 쓰다 보니 혹시나 하는 나의 바람이 이뤄질 가능성이 없다는 예감이 점점 강하게 든다. 그래, 우리의 관계를 되돌릴 수 없다는 걸 받아들여야만 하겠지. 아무렇지 않다면 그건 당연히 거짓말일 것이다. 난 아무래도 시간이 좀 더 필요할 것 같다. 그렇지만, 마지막으로 한 가지만큼은 확신하며 자신 있게 말할 수 있다. 넌 어떤 누구라도 들어설 틈이 거의 없는 내 좁은 세계를 진심으로 알고 싶어한 유일한 타인이었다. 그래서 너에게 이 말을 꼭 하고 싶다.

마음이 가난한 나를 만나줘서 고마웠다고.

임발

일상의 소설화, 소설의 일상화를 꿈꾸며

자신과 타인의 삶을 관찰하고 소설로 기록합니다.

초록이 머무는 날들에

손준수

1

나리에게 그는 그저 한 사람의 손님이었다. 한 달에 한 번, 정기적으로 방문하지 않았더라면 기억하기조차 쉽지 않았을 평범한 손님이었다. 머리에서부터 발끝까지 모조리 평범함이라는 형용사로 수식해도 모자라지 않는 사람이었다. 그는 평범한 신발, 평범한 청바지, 평범한 티셔츠를 입었다. 헤어스타일 역시 지극히 평범했는데 날카로운 직모도 구부러진 곱슬도 아닌 적당한 반곱슬이었다. 그의 이름이 '김평범' 내지는 '김무난', '김보통'이라고 했어도 그녀는 믿었을지 모른다. 그는 늘 미용실 문을 열고 들어와 조용히 자리에 앉았다. 특별한 요구사항은 없었다. 처음 왔을 때도 옆에 계시던 원장님이, 짧게 다듬으면 된다고 대신 말씀해 주셨기 때문에 헤어스타일에 대해서 대화를 나눈 적도 없다. 그는 자리에 앉아 이발이 끝날 때까지 두 눈을 감고 두 입술을 마주 붙이고 조용히 기다리는 사람이었다. 특별히 찾는 디자이너도 없어서 나리가 바쁠 경우 다른 직원이 맡기도 했으니까 일 년에 예닐곱 번 정도 나리가 담당하곤 했다. 오늘의 그 역시 평범했다. 회색빛 뉴발란스 신발에 브랜드를 알 수 없는 청바지, 나이키 로고가 새겨진 하얀 티셔츠를 입고 들어와서는 조용히 자리에 앉아 눈을 감았다. 나리에게는 오히려 다행이었다. 어젯밤 남자친구에게 헤어지자는 말을 들은 그녀로서는, 오늘 아침 출근 전까지 울고 또 울어서 얼굴이 퉁퉁 부은 그녀로서는 두 눈을 감고 아무런 말 없이 의자에 앉아 순서를 기다리는 이 평범한 남자 손님이 오히려 고마운 존재였다. 가위로 전체적으로 다듬을 때까지만 해도 괜찮았지만 바리깡을 손에 든 순간, 이제는 '전' 남자친구가 된 그 사람의 목소리가 귓가에 울렸다.

"너는 좀 투명인간 같아. 같이 있어도 혼자 있는 것 같고, 같이 대화해도 나만 속삭이는 것 같아."

'위이이잉'

나리는 바리깡 전원을 켰다.

"미안, 사실 네가 좀 많이 예쁘잖아, 그래서 처음엔 정말 좋았는데, 나도 적극적이었고."

'드르르륵'

나리는 왼쪽 옆머리를 다듬기 시작했다.

"어느 순간 보니까 나만 적극적인 것 같아. 밥을 먹으러 가도, 차를 마시러 가도, 찾는 건 항상 내 몫이고, 넌 맨날 따라만 오고."

'드르르륵'

나리는 뒷머리로 바리깡을 옮겼다.

"아무튼 그래. 너 좀 재미없어."

'드르르르르르르르르르르르르르르'

바리깡이 그의 머리에서 조금 간격을 두고 허공에서 공회전했다. 바리깡 소리에 눈물이 떨어지는 소리, 코를 훌쩍이는 소리가 묻혔다. 나리는 바리깡을 옆에 두고 두 손으로 눈물을 닦았다. 꼴사나운 모습을 들켰을까봐 조심스럽게 앞을 내려다보았다. 그는 아주 편안한 표정으로 두 눈을 감고 앉아 있었다. 다시 바리깡을 들었다. 오른쪽 옆머리를 다듬어 나갔다. 면도칼을 이용하여 눈썹까지 다듬었을 때, 나리는 어느 정도 진정되었음을 느꼈다.

"샴푸실로 이동할게요."

그는 천천히 눈을 떴다. 건조한 표정으로 거울 속 자신의 얼굴을 슥 보더니 자리에서 일어났다. 샴푸대에 눕자마자 얼른 두 눈을 감은 그의 얼굴 위에 나리는 수건을 올렸다. 물을 틀어 온도를 확인할 때 머릿속에 다시 전 남자친구의 목소리가 울렸다.

"너는 좀 투명인간 같아."

샴푸를 듬뿍 넣고 두피 마사지를 할 때에도 여전히 목소리는 그녀의 곁을 떠나지 않았다.

"너는 좀 투명인간 같아."

그 순간, 다른 남자의 목소리가 그녀의 귓가에 울렸다. 굵고 낮은, 난생처음 들어보는 목소리가 그녀의 머릿속에서 전 남자친구의 음성을 산산조각 낸 후 그녀의 고막을 부드럽게 울렸다.

"위로가 좀 필요하십니까?"

2

　나리는 미용실 창문을 통해 건너편에 있는 '은초 꽃집'을 바라보았다. 헤아려보진 않았지만 출퇴근길 오가며 수백 번도 더 보았을 간판이었다. 미용실을 옮긴 지 3년이 지났지만 단 한 번도 관심을 가지지 않은, 나리에게 있어서는 미지의 공간이었다.

　'왜 지금까지 한 번도 안 가봤을까.'

　어찌 보면 당연했다. 그녀는 식물에 관심이 없었다. 종종 전 남자친구에게 받은 꽃다발 선물도 진심으로 기쁘진 않았다. 받는 순간은 행복했지만 시간이 지나면 시들었고, 결국 처리할 때마다 미안한 마음이 일었다. 베란다에, 책상 위에, 소파 옆에 평범한 화분 하나쯤은 있을법했지만 그녀에겐 없었다. 사실 이상한 일도, 신기한 일도 아니었다. 그녀의 집엔 사물 자체가 적었다. 옷장엔 계절별로 꼭 필요한 옷만 걸려 있었고 책장엔 꼭 필요한 미용사 국가자격증 필기시험 책과 네일아트 수업 안내 책자가 꽂혀있었다. 냉장고엔 그녀가 선호하는 우유와 과일, 채소가 딱 일주일 분량만 채워져 있을 뿐이었다. 필요로 하는 최소한의 공간에 필요로 하는 최소한의 사물이 존재하는 곳, 그녀가 집이라고 부르는 공간이었다.

"아, 저기? 은초네?"

나리는 깜짝 놀라 뒤로 물러섰다. 어느새 옆으로 다가와 있던 원장이 빨간 뿔테 안경을 검지로 살짝 밀어 올리며 말을 이었다.

"은초 엄마가 했었는데, 은초가 물려받았잖아. 한 5년쯤 됐지? 은초 엄마 떠난 지도."

"떠나요? 어디로요?"

원장은 나리를 쓱 한 번 쳐다보고는 다시 창문 밖으로 고개를 돌리면서 나직이 답했다.

"어디긴 저기 하늘 위로 떠났지. 은초 엄마, 남편 없이 혼자서 은초 키운다고 고생만 하다가 갔지."

나리는 원장 옆에 나란히 서서 창문 밖을 바라보았다. 맞은편의 은초꽃집에 중년으로 보이는 여성이 들어가고 있었다.

"그분 이름이 은초였어요? 늘 말없이 조용히 앉아 머리 다듬고 가시는 분."

"응 걔가 은초야. 내가 말 안했나?"

"네."

"아, 그래? 안 물어봤으니 안 말해줬겠지 호호."

원장은 천천히 돌아서서 화장실로 향했다. 그와 동시에 문이 열리는 소리가 들렸다. 오전에 파마를 예약한 손님이었다. 나리는 '어서 오세요'라는 말과 함께 손님을 의자에 앉혔다. 파마약을 준비하면서 나리는 다시금 창문 너머를 바라보았다. 은초꽃집 간판은 낡아서 테두리에 회색 때가 잔뜩 끼어있었다. 어제의 장면이 떠올랐다. 샴푸를 위해 수건으로 두 눈을 가린 상태의 은초가 떠올랐다. 동시에 그의 목소리가 나직이 귓가에 울렸다.

"혹시 위로가 좀 필요하십니까?"

"네?"

처음에 나리는 잘못 들었다고 생각했다. 그도 그럴 것이 몇 년간 미용실에 오면서 한 번도 제대로 입을 열지 않았던 사람이 말을 걸었기 때문이었다. 몇 초간 정적이 흘렀고 나리가 멈췄던 손을 다시 움직이며 두피 마사지를 시작하려고 할 무렵 그가 다시 말했다.

"위로가 좀 필요하신가요?"

잘못 들은 게 아니었다. 예의 그 낮고 깊고 따뜻한 울림이었다.

"아, 아니요. 괜찮아요."

몇 초간 스피커에서 나오는 라디오 DJ의 목소리만이 공간을 채웠다. 신청곡으로 '이제'가 부른 '일종의 고백'이 흘러나오고 있었다. 샴푸가 끝나고 드라이를 할 때에 그는 이전과 마찬가지로 두 눈을 감고 있었다. 계산을 할 때도 마찬가지였다. 그는 말없이 카드를 내밀었고 그녀는 계산을 했다. 이제 그는 카드를 돌려받고 아무 말 없이 돌아서면 된다. 지금까지 그래왔던 것처럼. 하지만 어제는 좀 다른 장면이 연출되었다. 카드를 받아선 그가 나리를 바라보며 목소리를 낸 것이다.

"저는 맞은편 꽃집에 있어요. 언제 한번 들르세요."

3

 그녀가 은초꽃집을 방문하기는 쉽지 않았다. 아침에는 출근하느라 바빴고, 마감을 하고 퇴근할 때면 저녁 아홉 시를 훌쩍 넘기곤 했다. 그 시간에 은초꽃집은 항상 닫혀 있었다. 그렇다고 단꿈 같은 휴식 시간을 쪼개 꽃집을 방문하고 싶지는 않았다. 오늘 역시 정신없는 하루였다. 은초꽃집이라는 단어조차 생각나지 않은 날이었다. 마감을 하고 소파에 앉아 두 손으로 부은 다리를 주무르다가 남아 있는 모든 힘을 끌어모아 청소를 마쳤다. 전신에 피곤함을 아로새긴 채로 미용실을 나설 때 그녀의 머릿속은 오늘 구매해야 할 브로콜리와 아스파라거스 그리고 방울토마토뿐이었다. 문을 잠그고 뒤로 돌아서는 순간까지 그녀는 사거리에 있는 슈퍼에 갈지, 시내의 대형마트에 갈지 고민한다고 여념이 없었다. 그리고 돌아서는 그녀의 눈앞에 잔잔하게 새어 나오는 불빛이 보였다.

은초꽃집 간판에 불이 들어와 있었다.

"어?"

그녀는 두 눈을 의심했다. 이 시간까지 은초꽃집이 열려있던 적은 없던 것 같은데. 그동안은 관심조차 없어서 보지 못했던 걸까. 노랑과 주황빛으로 가득한 백열등 조명이 어두운 밤의 조도를 바꾸고 있었다.

"저는 맞은편 꽃집에 있어요. 언제 한번 들르세요."

그의 목소리가 들리는 듯했다. 결코 잊을 수 없는 목소리였다. 전혀 예상치 못한 순간 훅 들어온 음성이었다. 그녀는 왼손을 들어 시계를 바라보았다. 아홉 시 반. 슈퍼는 열 시에 문을 닫고 대형마트는 24

시간 운영했다. 만약 대형마트에 간다면 꽃집에 잠깐 들를 시간은 있었다. 하지만 대형마트는 시내에 있었고 그녀의 집은 시내와는 정반대 방향이었다. 잠깐 망설였지만 그녀는 이내 몸을 돌렸다. 고단함이 묻은 발걸음은 사거리 슈퍼를 향했다. 어쩔 수 없었다. 피곤함이 적혈구처럼 그녀의 온몸 구석구석으로 퍼지고 있었기 때문이었다. 그로부터 사흘이 지났다. 그날 이후 은초꽃집은 다시 예전처럼 일찍 문을 닫았다. 그녀가 퇴근할 무렵엔 주변이 어둠으로 가득 찼다. 단 하루의 예외가 본인 때문이었을까. 만약 그랬다면 미안한 일이었지만. 바쁜 일상을 보내다 보니 한 주가 지났고, 두 주가 지나갈 무렵에는 꽃집에 대한 생각이 옅어졌다. 그 와중에 열 번쯤 울었고 세 번쯤 밤을 새웠다. 애인이 사라진 공허한 시간을 견뎌내는 일은 생각보다 품이 많이 들었다. 그녀에겐 첫 남자친구였다. 그녀의 과거를 알고 나서도 흔들림 없이 의지할 수 있는 단단한 기둥이 되어준 사람이었다. 경제적으로 빠듯한 여건 속에서 살고 있는 그녀를 위하여 데이트 비용도 대부분 그가 부담하곤 했다. 처음에 그녀는 왜 그가 자기를 만나는지 알 수 없었다. 외모도 직업도 가정환경까지도 무엇 하나 빠지지 않는 조건을 갖춘 사람이었다. 그는 그녀가 무척이나 예뻐서 만난다고 했지만 아무리 스스로를 살펴보아도 그녀는 자신의 외모가 평범함을 뛰어넘지 못한다고 생각했다. 그래서 어느 순간부터인가 그녀의 외모가 유달리 그의 취향에 맞았던 것이 아닐까, 유추할 뿐이었다. 그녀 입장에서는 그가 참 고마웠다. 퇴근이 기다려졌고 한 달에 한 번뿐인 휴가가 기대됐다. 하지만 그녀는 표현을 못 하는 사람이었다. 좋으면 좋다고, 싫으면 싫다고, 기쁘면 기쁘다고, 슬프면 슬프다고 말을 하지 못했다. 그녀는 마음껏 표현할 수 없는 과거를 살았다. 대신 잘 듣고 잘 행동해야 하는 과거를 거쳤다. 굳은살처럼 들어박힌 과거는 현재의 그녀를 이루는 토대가 되었고 쉬이 바꿀 수 없었다. 처음엔 자신 취향의 외모를 가진 그녀에게 호감을 가졌던 그였지만, 자신을 전혀 드러내지 않는 그녀에게 조금씩 피로감을 느낄 수밖에 없었다. 결국 둘은 헤어지게 되었지만 그와 함께 한 모든 순간이 그녀에겐 처음의 추억이 되었다. 첫 산책, 첫 공연, 첫 여행, 첫 키스. 그 선명하고 생생한 기억을 일순에 정리하기는 불가능했다. 누군가의 위로를 받는다고 해결되리라 생각하지 않았다. 시간은 쉼 없이 정직하게 흘렀다. 헤어진 뒤 약 한 달쯤 지났을 무렵, 은초가 미용실의 문을 열고 들어왔을 때가 되어서야 그녀는 은초의 제안이 다시금 떠올랐다. 은초는 그녀를 보고 고개를 살짝 숙이며 인사를 한 후, 여느 때와 다름없이 미용실 구석의 소파에 앉았다. 원장이 그를 반갑게 맞이했다.

"은초야, 오늘도 날이 아닌가 보다. 내 손님이 아주 그냥 주렁주렁이야."

"이쪽으로 오세요."

니리가 원장을 대신해서 은초를 안내했다. 거울 앞 의자에 앉은 은초가 가만히 눈을 감았다. 거울에 비친 은초의 모습은 평온했다. 거친 바람을 온몸으로 맞고 있는 나리와는 너무나도 대조적인 얼굴이었다. 그녀는 문득 궁금해졌다. 이 사람의 항상심은 도대체 어디에서 나오는 걸까. 머리를 다듬는 동안 나눈 대화는 없었다. 샴푸를 하고 머리를 말릴 때도, 카드 결제를 할 때까지도. 두 사람은 침묵 속에서 서로의 역할에 충실했다. 미용실에서의 마지막 역할 역시 침묵 속에서 이루어졌다. 결제를 마친 카드를 받아 든 은초는 고개를 꾸벅 숙이고는 그대로 문을 열고 나갔다. 기다리고 있던 여학생이 여기에 앉으면 되냐고 말을 걸어왔기 때문에 사라지는 그의 뒷모습에 던졌던 시선을 나리는 서둘러 거두어들여야 했다. 미용실의 시간은 빠르게 흘렀다. 오늘은 커트 손님이 많아서 유달리 피곤하다고 느꼈다. 잠시도 앉지 못했고 끼니도 제대로 해결하지 못했다. 마감이 다가왔을 때는 녹초가 되어있었다. 그녀에겐 그저 침대에 얼굴을 파묻고 자고 싶다는 생각뿐이었다. 미용실 바닥에 널브러진 머리카락을 빗자루로 쓸어 담을 때가 돼서야 나리는 뒷모습으로 사라졌던 은초를 다시 떠올릴 수 있었다. 평소에 그다지도 말이 없었던 그였다. 그런 그가 저번에는 먼저 말을 걸었다. 분명 그에게도 용기가 필요했으리라. 청소를 마치고 미용실을 나서며 그녀는 습관적으로 시계를 쳐다보았다. 아홉 시 이십 분이었다. 열시 전에는 집에 갈 수 있겠다는 생각을 하며 고개를 든 순간, 얼굴에 따뜻한 빛이 스며들었다. 은초꽃집 간판에 불이 들어와 있었다. 묘한 기분이 들었다. 그 모습이 흡사 동화 속에 나오는 미지의 세계 같았다. 한 달에 딱 한 번, 문을 여는 비밀 상점 느낌이었다. 하지만 정말이지 너무 피곤했다. 온종일 조명 아래에서 사람들의 머리를 쳐다보고 있자니 두 눈이 빠질 것 같았다. 눈꺼풀이 너무 무거워, 눈을 깜박이는 일조차 번거롭게 느껴졌다. 나리는 미용실 문 앞에 서서 잠시 간판을 바라보았다. 몇 초 지나지 않아 그녀는 이내 집으로 무거운 발걸음을 옮겼다. 터덜터덜 10m쯤 일정하게 나던 소리가 멈췄다. 몇 초간의 정적 뒤에 다시 걸음이 시작되었을 때는 방향이 180도 바뀌어 있었다.

4

딸랑딸랑 종이 울렸다. 은초꽃집 문 위에는 작은 종이 매달려 있었다. 나리는 살짝 문을 열고 빼꼼히 안을 쳐다보았다. 문 바로 앞에 커다란 식물이 나란히 자리하고 있어서 내부가 잘 보이지 않았다. 은초가 식물 사이로 불쑥 얼굴을 내밀었다.

"꺅!"

소스라치게 놀란 나리는 다리에 살짝 힘이 풀려 두 손으로 문손잡이를 붙잡았다. 두 눈을 껌뻑이며 나리를 쳐다보던 은초가 입을 열었다.

"아… 죄송합니다. 다른 사람인 줄 알았습니다."

"네?"

"아… 지금이 송화가 올 시간이라서요."

아무 말도 못하고 은초를 마주하고 있었는데 뒤에서 인기척이 느껴졌다. 뒤로 돌아보니 교복을 입은 아이가 나리를 올려다보고 있었다.

"어, 송화야 잠깐만."

식물 사이로 얼굴을 내밀었던 은초는 다시 안으로 들어갔다가 검은 봉투 하나를 들고 나왔다.

"송화야 여기."

은초는 손에 들려있던 검은 봉투에는 노란 꽃이 담겨있었다. 나리는 길을 비켜주었고 송화라고 불리던 아이가 꽃을 받아 들고는 짧게 고맙다는 인사를 하고 나갔다.

"어, 송화야 벌써 가게?"

그가 말했지만 어느새 송화의 모습은 보이지 않았다.

"아, 이쪽으로 오세요."

은초가 옆 공간에 있던 탁자 주변의 의자 하나를 뒤로 빼면서 말했다. 나리는 머뭇거리다가 자리에 앉았다.

"잠깐만 기다리세요."

그는 가게 안쪽으로 사라졌다. 혼자가 된 나리는 그제야 마음을 차분히 하고 천천히 실내를 둘러보았다. 꽃집답게 내부는 초록으로 가득했다. 온통 처음 보는 식물들이었다. 유리로 된 장식장에는 꽃이 한가득 들어있었다.

"꽃 냉장고예요."

은초가 잔 두 개를 쟁반에 담아 가져오고 있었다.

"꽃을 오랫동안 보관하게 해줘요."

탁자 위에 놓인 잔에는 황금빛으로 가득한 액체가 들어있었다.

"한 번 드셔보세요."

나리는 두 손으로 찻잔을 잡고 한 입 들이켰다. 처음은 조금 씁쓸했지만 끝에는 단맛이 느껴졌다. 세

번쯤 들이켰을 때까지 말이 없던 은초는 그녀가 차를 거의 다 마셨을 무렵에 입을 뗐다.

"송화는 매달 마지막 주 금요일에 야자 끝나고 꽃집에 들러요."

조금 전 꽃을 받아 간 아이의 이야기인 듯싶었다. 나리는 고등학생이구나 생각하며 고개를 살짝 끄덕였다. 그러고 보니 지난 밤 늦게 문을 연 것도 이 학생 때문이 아니었을까, 나 때문이 아니었네. 이런저런 생각을 하고 있는데 그가 말을 이었다.

"주말엔 꽃집 문을 닫거든요. 그래서 오늘 와요."

"네… 매달 꽃을 사는 걸 보니 꽃을 좋아하나 보네요."

호로록거리며 남은 차를 다 마시며 나리가 말했다.

"송화 어머니께서 좋아하셨어요."

앞서 그랬던 대로 고개를 살짝 끄덕이던 나리는 그의 과거형 표현에 잠깐 멈칫했다.

"작년에 돌아가셨어요. 송화가 한 달에 한 번씩 추모공원에 가거든요."

"아…."

짧은 탄식을 뱉어낸 그녀는 말을 아끼기로 마음먹고 찻잔을 탁자 위에 내려놓았다.

"송화 어머니께서 1년 치 꽃값을 미리 계산하셨

어요. 그리고 송화한테 부탁했거든요, 1년 만이라도 좋으니 외롭지 않게 매달 꽃을 가져다 달라고, 그러면서 자기를 보러 와달라고."

"아…."

그녀는 뭐라고 말을 해야 좋을지 몰라서 잠자코 그를 바라보았다.

"식물의 효용은 다양해요."

입에서 찻잔을 떼면서 은초가 말했다.

"나리씨에게도 식물이 필요할지도 몰라요. 지금 마시고 있는 꽃차처럼요."

"꽃차요?"

은초는 어느새 비어있는 그녀의 잔에 새로이 차를 따르고 있었다.

"메리골드 꽃차예요. 눈 건강에 좋은 성분이 많이 들어있어요."

그러고 보니 주전자에 꽃잎으로 보이는 것들이 둥실둥실 떠 있었다. 탁자 위에 주전자를 내려놓으며 은초가 말했다.

"그리고 어떤 식물은 위로가 필요할 때 도움이 되기도 해요."

갑자기 그가 일어서더니 뒤쪽의 선반 쪽으로 다가가서는 작은 화분을 하나 들고 왔다. 화분에는 축축한 흙만 가득했다.

"곧 싹이 움틀 거예요. 잘 지켜봐 주세요."

은초는 나리에게 화분을 건넸다.

"네? 아니, 저는…."

당황한 나리가 손사래를 쳤지만 은초는 여전히 화분을 들고 서 있었다.

"작은 선물이에요. 부담 갖지 마세요."

집으로 돌아온 나리는 책상 위에 놓인, 흙으로 가득 찬 화분을 바라보았다. 이렇다 할 사물의 모습은 쉬이 찾아볼 수 없는 그녀의 방에 명확한 하나의 물체가 덩그러니 놓였다. 아니, 그것은 사물이 아니라 하나의 생명이었다. 자기만의 공간에 새로운 생명을

들이는 일은 그녀에게 처음 있는 일이었다. 그녀는 화분 쪽으로 천천히 코를 가져다 댔다. 비 오고 난 뒤 맡을 수 있는 수분기 가득한 흙냄새가 났다. 그녀는 가만히 눈을 감았다.

5

 신경 쓰지 않으려 했지만 공허한 공간 속 이질적인 존재의 출현은 나리의 이목을 끌기에 충분했다. 퇴근 후에, 출근 전에. 나리는 하루에 두 번씩 화분의 면면을 살폈다. 새싹은 나흘 뒤에 흙을 뚫고 세상 밖으로 나왔다. 나리로서는 처음 경험하는 일이었다. 새로운 생명이 탄생하는 순간을 지켜보는 일은 묘했다. 잎은 두 장이었다. 문득 어떤 식물인지 궁금해졌다. 점심시간을 이용해 맞은편 은초꽃집에 가보기로 했다. 마침 미용실이 제일 한산한 수요일 오후였다.

 딸랑딸랑 종이 울렸다. 빼곡한 식물 틈 사이로 은초가 불쑥 고개를 내밀었지만 나리는 이번엔 놀라지 않았다. 이번에는 나오리라 예상한 곳을 바라보며 마음의 준비를 하고 있었다. 머리는 그 언저리에서 나왔다.

"싹이 나왔나요?"

"네."

"무슨 싹인지 궁금해서 오셨죠?"

"네."

"싹이 두 장 나왔을 거예요. 그죠?"

"네."

나리는 줄곧 '네'라고만 답하는 자기 자신을 돌아보며 미용실과 꽃집에서 대화의 주체가 상반된다는 느낌을 받았다. 꽃집 안에서의 은초는 자못 수다스러웠다.

"떡잎이에요."

"아, 들어본 적 있어요."

"떡잎은 처음 흙을 뚫고 세상 밖으로 나오는 싹이 다치지 않게 최선을 다해 보호해 주는 역할을 해요. 임무가 끝나면 곧 퇴화해서 바닥으로 떨어져요. 아낌없이 주는 고마운 존재죠."

"아, 네"

"나리씨의 떡잎은 누구예요?"

"네?"

갑작스런 질문이었다. 당황스러워하는 나리에게

은초가 곧바로 입을 열었다.

"바질이에요."

"네?"

"그 새싹 말이에요. 바질이에요."

"아…,"

"이제부터는 물을 잘 줘야 해요. 식물이 죽는 이유는 크게 두 가지거든요. 물을 너무 안 주거나 물을 너무 많이 주거나."

"아, 네."

"검지를 화분 깊숙이 넣었을 때 촉촉함이 느껴지

지 않는다면 그때 물을 충분히 주세요. 화분 바닥에서 물이 나올 때까지요."

"네."

얼마간 두 사람은 말없이 주변으로 시선을 보냈다. 머쓱해진 나리가 입을 달싹이자 은초가 말을 걸었다.

"차 한잔할래요? 저번에 그 꽃차 말이에요."

그러고 보니 요즘은 눈이 덜 침침한 것 같기도 했다. 메리골드라는 그 꽃차 때문이었을까. 나리는 고개를 끄덕이고 의자에 앉았다. 둘은 황금빛이 가득한 차를 나눠 마셨다. 그러면서 서로의 이야기도 함께 나눠 가졌다. 오고 가는 이야기 속에서 나리는 일말의 편안함을 느꼈다. 처음엔 주변을 가득 채운 초록의 힘이라고 생각했다가 나중엔 깊게 울리는 은초의 목소리 덕분이라고 생각했다. 딸랑딸랑 종이 울렸다. 빨간 뿔테 안경을 낀 원장이 문틈으로 고개를 내밀었다.

"얘, 나리야 커트 손님 왔다."

"어머."

나리는 황급히 자리에서 일어나 빠르게 걸음을 옮겼다. 원장은 은초를 바라보며 씽긋 눈웃음을 지었다. 은초는 뒷머리를 긁적이며 다 마신 찻잔을 애써 드는 시늉을 했다.

"은초야 나도 그 꽃차 한 잔 줘봐. 나도 요즘 눈이 침침하거든."

"아, 네. 잠시만 기다려주세요."

은초가 찻잎을 가지러 탕비실로 들어간 시각 미용실로 돌아와 손님의 머리를 다듬던 나리는 은초가 던진 질문을 천천히 곱씹고 있었다.

"나리씨의 떡잎은 누구예요?"

'위이이잉'

나리는 바리깡 전원을 켰다.

"나리씨의 떡잎은 누구예요?"

'드르르륵'

나리는 손님의 왼쪽 옆머리를 다듬기 시작했다.

"나리씨의 떡잎은 누구예요?"

질문은 계속해서 나리의 머릿속을 맴돌았다.

6

　요즘 들어 나리가 은초꽃집을 드나드는 횟수가 부쩍 늘었다. 점심시간에는 언제나 꽃집에서 차를 마셨고, 한 달에 한 번은 송화랑 셋이서 꽃집에서 간식을 먹으며 늦은 시간까지 함께 시간을 보냈다. 형제가 없던 송화는 나리를 잘 따르게 되었고 어느덧 여자들만의 비밀 이야기까지 나누는 사이가 되었다. 떡잎을 보여주었던 바질은 무럭무럭 잘 자랐다. 은초에게 꺾꽂이 하는 방법을 배운 나리의 노력으로 하나였던 화분은 다섯 개가 되었고 무채색이었던 방은 은은한 초록빛을 내는 공간이 되었다. 더 이상 헤어진 남자친구와의 추억을 떠올린다고 밤을 지새우지 않았고 퇴근 후의 모든 시간을 잠으로 채우지 않았다. 나리는 한층 밝아졌고 한껏 맑아졌다. 은초도 송화도 언제나 나리를 반겼다.

"언니는 이야기를 잘 들어줘서 좋아요. 제 친구들은 저마다 자기 이야기 한다고 바쁘거든요."

"나리씨는 기억력이 좋은 것 같아요. 슬며시 지나가는 사소한 이야기도 잘 잡아서 보관하는 것 같아요."

말이 없다고 나리를 외면했던 전 남자친구와 달리 은초와 송화는 차분한 나리의 모습을 반겼다. 이들과 함께 있을 때는 정적이 가져다주는 어색함을 견딜 필요가 없었다. 적막이 몰고 오는 불편함을 걱정할 필요가 없었다. 자신을 있는 그대로 보여주어도 부끄럼이 전혀 없었다.

"웃을 줄도 아네요."

어느 날 은초가 나리를 바라보며 말했다.

"제가 웃지 않았었나요?"

"네, 언니는 늘 조금 심각했어요."

셋은 동시에 조그맣게 웃었다. 은초꽃집에서의 웃음이 잦아질 무렵 나리의 모습도 조금씩 바뀌었다. 하루는 빨간 뿔테 원장이 나리에게 물었다.

"요즘 좋은 일 있나봐?"

"네?"

"표정이 좋아졌어. 예전엔 무표정이었는데 지금은 유표정이야."

"네?"

"얼굴이 좋아졌다고. 왜, 은초가 꽃다발이라도 줬어?"

"네?"

"아이고 무슨 말을 못 해. 아니야, 일해~ 일~."

위이이잉, 바리깡에서 기계음 소리가 났다. 동네 고등학교에서 수학을 가르치는 중년 남자의 옆머리를 다듬다가 나리는 정면에 놓인 전신 거울을 문득 쳐다보았다. 미묘한 차이었지만 그녀는 느낄 수 있었다. 전과 달리 자신의 입꼬리가 조금 올라가 있었다. 고개를 옆으로 살짝 돌려 창문 밖을 바라보았다. 벚꽃잎이 떨어진 왕벚나무는 초록색으로 옷을 갈아입고 잔잔한 바람을 맞으며 살랑거리고 있었다. 5월 초순의 어느 날이었다.

7

나리는 자신에게 찾아온 변화가 낯설기도 하면서 신기했다. 속도는 느렸지만 스스로도 놀랄 만큼 극적이었다. 변화는 먼저 그녀의 공간에서 나타났다. 베란다와 거실의 경계면에는 바질을 비롯한 다양한 허브가 자라기 시작했다. 잘 자란 잎을 요리에 넣기도 하고 차로 우리기도 했다. 냉장고는 여러 식자재로 채워졌고 책장은 다양한 책들로 메워졌다. 변화는 그녀의 하루 속에서도 잘 드러났다. 바쁘지 않은 날은 점심시간과 저녁시간에 은초의 꽃집으로 건너가 함께 차를 마시며 쉬다 오곤 했다. 또 다른 변화는 그녀의 표정으로 드러났다. 이제 더 이상 원장은 나리의 표정이 밝아졌다고 언급하지 않았다. 이제는 늘 밝은 표정으로 근무했기 때문이었다. 마지막 변화는 퇴근길이었다. 공교롭게도 은초는 나리의 옆 동네에 살고 있었다. 나리의 집에서 걸어서 5분 정도만 더 가면 은초의 집이 나왔다. 물론 둘의 퇴근 시간이 서로 달랐기에 지금까지는 마주치지 않았지만 이제는 은초가 나리의 퇴근 시간까지 기다렸다가 함께 퇴근하곤 했다.

딸랑딸랑 종이 울렸다.

키가 큰 주목나무 묘목 사이로 은초가 머리를 내밀고 싱긋 웃었다.

"선물로 보이차를 받았는데 마셔볼래요?"

나리는 고개를 끄덕거리고 탁자로 향했다. 핸드백을 내려놓고 의자에 앉는 모든 동작이 반복되어 형성된 오랜 습관처럼 자연스러웠다.

"덖는다는 표현을 아세요?"

은초가 다기를 들고 탁자로 다가오면서 물었다. 나리는 은초를 바라보며 말없이 고개를 저었다.

"물기가 있는 찻잎을 타지 않을 정도로 볶는 행동을 일컫는 말이에요. 차를 만들 때 주로 쓰는 표현이라서 모르는 사람이 많아요."

보이차 잎이 들어있는 다관에 따뜻한 물을 따르면서 은초가 다시 입을 열었다.

"저마다 나름의 세계가 존재하는 것 같지 않나요. 차를 좋아하는 사람의 세계도 있고, 저처럼 꽃집을 운영하는 사람의 세계도 있고. 하나의 세계는 들어가 보기 전에는 절대 알 수 없는 부분이 있는 것 같아요. 제가 미용의 세계를 모르는 것처럼요."

나리는 따뜻해진 찻잔을 두 손으로 감쌌다. 온기가 손가락을 타고 온몸으로 전달되는 듯했다.

"저의 세계에 와주셔서 감사해요."

나리는 찻잔을 바라보던 시선을 은초에게 돌렸다. 은초는 태연한 표정으로 자신의 잔에 보이차를 따르고 있었다.

"5년 정도 꽃집을 운영하면서 친구는 처음이에요. 저도 말주변이 없어서…."

나리는 시선을 은초의 잔으로 내렸다. 갈색빛이 감도는 보이차가 하얀 잔 안에서 반짝이고 있었다.

"우리, 친구예요?"

나리가 물었다. 은초는 나리를 바라보았다. 나리도 은초의 눈을 피하지 않았다.

"친구… 아니었나요?"

나리는 빙긋 미소 지었다.

"친구는 보통 말 놓지 않나?"

"아… 말 놓아도 되나요?"

은초가 뒷머리를 긁적이며 물었다.

"응. 늦었지만."

나리가 먼저 말을 놓았다.

"응."

은초가 답했다.

점심 무렵까지 강하게 내리던 비는 그쳤지만 집으로 돌아가는 길은 아직 촉촉하게 젖어있었다. 흙냄새는 더욱 짙어졌고 높은 습도와 온도는 슬슬 여름이 시작된다고 알려주는 듯했다. 밤의 길거리 위에서 두 사람의 발자국 소리가 한층 더 선명해졌다.

"오빠의 떡잎은 누구야?"

나리가 보폭을 맞추어 걷고 있던 은초에게 물었다.

"대부분이 그럴 테지만 내 떡잎은… 엄마였지."

나리는 아무 말 없이 고개를 끄덕거렸다.

"나리는?"

은초의 물음에 나리는 곧바로 대답하지 않았다. 스무 걸음 정도 걸었을 때야 짤막한 답변이 돌아왔다.

"글쎄…."

은초는 더 이상 묻지 않았다. 둘은 천천히 걸음을 옮겼다. 그 속도는 마치 걸음을 처음 연습하는 사람들처럼 느렸다.

"나 보육원에서 자랐거든."

불쑥 나리가 말했다.

"그래서 떡잎처럼 보호받은 적은 없었던 것 같아."

은초가 아무 말 없자 나리가 계속해서 말을 이어나갔다.

"애초에 내가 마음을 안 열기도 했었고. 머릿속에서 몇 명 이름이 떠오르기는 하는데, 떡잎까지는 아니었던 것 같아. 잘하면 열매 껍질 정도 되려나?"

은초가 조용히 고개를 끄덕이며 들었다.

"가시는 한 명 있어."

"가시? 누구?"

"원장님."

"원장님이 가시야? 왜?"

"내가 태어날 때는 없었잖아. 난 떡잎 없이 스스로 흙을 뚫고 나왔으니까. 가시는 나중에 자라면서 천천히 생기니까. 그래도 지금까지 이 위험한 세계 속에서 나를 보호해 준 건 원장님이었으니까 가시라고 해줄래."

은초가 말없이 미소 지었다. 그런 은초를 보며 나리도 따라 미소 지었다. 밤의 거리엔 주황색 가로등 불빛과 두 사람의 그림자가 천천히 일렁이고 있었다.

8

등산을 가자고 먼저 제안한 사람은 송화였다.

"아주산 단풍이 예쁘게 물들었대요."

가만히 듣고 있던 은초도 거들었다.

"단풍은 딱 한 달 동안만 주어지는 자연의 선물이지."

송화는 그렇다고 해도 은초까지 덩달아 나서는 모습을 보고 나리는 살짝 미소 지었다. 결국 셋은 주말을 이용해서 단풍놀이를 떠나기로 했다. 해발 943m의 아주산은 그다지 높지도 낮지도 않은, 가볍게 오르기에 적당한 산이었다. 산의 중턱에는 아주사라는 절이 있었다. 아주사까지는 등산로 입구에서부터 걸어서 한 시간 정도가 걸렸는데, 그곳은 단풍을 구경하기에 좋은 장소로 인근 지역에서 유명했다. 토요일은 생각보다 빨리 찾아왔다. 은초꽃집에서 약 100m 떨어진 곳에 위치한 버스 정류장에 모인 세 명은 아주산 입구까지 직행하는 버스를 탔다. 버스 안에는 참전군인 모자를 쓴 할아버지 한 분과 분홍색 보따리를 옆구리에 끼고 있는 할머니 한 분, 그리고 등산복을 입은 중년 부부가 앉아 있었다. 뒤에 있는 2인 좌석에 나리와 송화가 나란히 앉았고 바로 앞에 은초가 혼자 앉았다. 등산로 입구에 가까워질수록 구불거리는 길이 많이 나왔다. 왼쪽으로 기울어질 때 송화의 머리가 나리의 어깨에 닿았고 오른쪽으로 기울어질 때 나리의 머리가 송화의 어깨에 닿았다.

"제가 앞에 앉을 걸 그랬나요?"

송화가 입을 샐쭉거리며 말했다.

"왜?"

은초가 뒤돌아보며 묻자 송화는 짓궂게 웃었고 나리는 모른 척 창밖으로 시선을 돌렸다.

"아니 뭐 혼자 앉으면 좀 더 편하게 갈 수 있었을 것 같기도 하고."

그렇게 시작된 수다는 송화의 사물함에 누군가 편지가 넣었다는 이야기가 나왔을 무렵 버스가 아주산 입구에 도착하면서 끝났다. 셋은 약속이라도 한 듯 마치 하나의 선처럼 나란히 줄지어 등산로를 걷기 시작했다. 족히 수십 명의 사람들이 뒤에서 걸어와 세 사람을 지나쳤지만 그들은 보폭과 속도를 지키며 천천히 걸었다.

"근데 우리 너무 천천히 걷는 거 아니에요?"

송화가 한마디 하긴 했지만 함께 걷는 두 사람 모두 걸음이 느린 걸 확인하고선 말없이 그들의 속도를 따라 걸었다.

"등산의 목적이 단순히 산을 오르는 거라면 조금 더 빨라도 상관없지만 오늘 우리의 목적은 산이 얼마나 예쁜지 살피는 거니깐."

은초가 조용히 또박또박 말했다.

"그렇지, 그건 맞지."

송화가 맞장구치며 고개를 끄덕거리고 있을 때 은초가 무언가를 발견하고 다소 상기된 목소리로 말했다.

"야생란이야."

나리와 송화는 은초의 손가락이 가리키는 곳으로 시선을 옮겼다. 둘의 눈에는 그저 쌓여있는 낙엽 더미밖에 보이지 않았다. 은초는 등산로를 벗어나 성큼성큼 걸음을 옮겼다. 머뭇거리던 나리와 송화도, 이상하리만큼 적극적인 은초의 모습에 동해 함께 따라나섰다.

"깊은 숲속에서도 낙엽이 많이 쌓여서 어느 정도 습도가 유지되는 환경이 갖춰져야 비로소 피어나는 희귀한 식물이야. 정확한 이름은 사철란."

은초의 발밑에는 동글동글하면서 작고 귀여운 하얀 꽃을 가진 식물이 나란히 줄지어서 있었다.

"꽃말은 숲속의 요정. 쉽게 만나기 어려운 식물인데 오늘은 운이 좋은가 봐. 멸종위기식물이라 시간이 지나면 못 볼지도 몰라. 지금 잘 봐둬야 해."

나리와 송화는 은초의 곁으로 다가갔다. 해맑게 웃고 있는 은초의 얼굴 아래에 사철란이라고 불리는 식물이 고개를 내밀고 있었다. 새끼손톱만 한 크기의 하얀 꽃이 꽃대에 5~6개 정도 대롱대롱 매달려 있었다. 곁에 있는 큰 나무의 잎사귀 틈 사이로 희미하게 내리쬐는 햇빛을 받아 꽃의 하얀색이 더욱 밝게 빛나는 듯했다. 이후로도 은초는 걸어 올라가며 마주치는 꽃이나 나무에 대해 즐거운 표정으로 소개했다. 무심결에 스쳐 지나갔던 식물들도 은초의 이야기 속에서 하나의 의미가 되고 하나의 행복이 되었다. 이윽고 아주사에서 도착한 셋은 국보로 지정된 아주사 오층석탑 주변에서 산 아래를 내려다보았다. 빨강과 노랑, 그리고 그 사이에 있는 주황빛이 다채롭게 빛나고 있었다. 한동안 넋을 잃고 가을 단풍의 절경을 바라보던 셋은 정신을 차리고 쉼터로 이동했다. 은초가 보온병에 넣어온 인도 백차와 나리가 만들어 온 김밥을 먹으며 셋은 수다를 떨었다. 엄밀히 말하면 송화가 주도하는 대화에 은초가 맞장구를 치고 나리가 들어주는 역할이었지만 말이다. 햇살이 뜨거운 한낮을 지나 조금씩 서늘한 감이 느껴지는 시간이 되었을 때 셋은 하산을 시작했다. 처음엔 같이 걸었으나 등산로의 중간지점까지 내려왔을 때 송화가 걸음의 속도를 높였다. 은초가 같이 가자고 여러 번 말했지만 송화는 들은 체 만 체하며 둘과의 격차를 벌렸다. 시간이 조금 지나자, 송화의 모습은 더 이상 보이지 않았다. 한동안 은초와 나리는 아무 말 없이 걸었다. 늦은 오후에도 아주사를 향하여 등산로를 오르는 등산객이 많았기에 대화 없이도 심심하지는 않았다. 산을 오르다 사철란을 발견했던 지점에 들어섰을 무렵이었다. 바닥에 시선을 고정한 채로 은초가 입을 열었다.

"나리 너를 빛내주는 사람을 만나."

나리는 말없이 고개를 돌려 은초를 바라보았다.

"쌓여있는 낙엽이 누군가에게는 그저 무질서하고 보잘것없게 보일 수 있지만, 적어도 이런 낙엽층 사이에서만 피어나는 사철란도 있으니까."

정상까지 가려면 아직 멀었다며 투덜대는 40대 중년 부부가 다가왔다가 이내 멀어졌다. 은초는 계속해서 독백이 되어버린 말을 이어나갔다.

"사철란을 보살피는 낙엽처럼, 너를 아끼고 빛나게 해주는 존재가 반드시 있을 거야."

둘은 말없이 걸음을 옮겼다. 은초는 앞만 보며 내

려갔기에 나리의 두 볼이 곁에 있는 단풍잎처럼 발갛게 변한 것을 보지 못했다. 등산로 입구에서는 송화가 바나나 우유 세 개를 들고 내려오는 둘을 맞이했다. 해맑게 웃는 송화를 보며 은초와 나리는 말없이 미소 지었다.

9

 미용실 문을 열고 들어온 은초는 살짝 당황했다. 나리의 모습이 보이지 않았기 때문이다.

 "나리? 휴가야 오늘. 나리가 이야기 안 했나?"

 지금까지 나리는 언제나 미용실에 있었다. 평일에도 주말에도 언제나 미용실을 지켰다. 제일 일찍 와서 문을 열었고 제일 늦게까지 남아서 마무리를 했다. 덕분에 원장이 자리를 비우는 경우는 많이 있었으나 이렇게 나리가 업무 시간에 자리를 비우는 일은 흔치 않았다.

 "오랜만에 내가 커트해 줄까?"

 은초는 겸연쩍게 미소를 지으며 고개를 저었다.

"아니요, 내일 다시 올게요."

"야~ 내 실력 아직 안 죽었다. 너 어릴 때는 그렇게 날 좋아하더니 변했네 변했어."

샘을 내는 원장을 뒤로하고 은초가 미용실 문을 열던 그 시각, 나리는 밀양의 작은 마을 삼랑진 읍내의 역 앞에서 택시를 타고 있었다.

"상록보육원이요."

택시 기사는 도착할 때까지 아무런 말을 하지 않았다. 묵묵히 앞을 보며 운전대를 잡았다. 사실 그는 말이 많은 사람이었다. 밀양 사람과는 읍내에서 일어나는 시시콜콜한 이야기를 즐겼고 타지 사람들에게는 밀양의 유명 관광지와 음식들을 소개하길 좋아했다. 하지만 그를 침묵하게 만드는 두 가지 유형의 손님이 있었으니 바로 명품 장례식장과 상록 보육원을 향하는 사람들이었다. 수십 년간 운전기사로 살아오면서, 이 두 목적지를 향하는 손님들에게는 일말의 방해가 없는 조용한 운행을 제공해야 한다고 체감했다.

"도착했습니다."

처음이자 마지막으로 입을 연 운전기사를 뒤로하고 나리는 걸음을 옮겼다. 정문 앞으로 바로 보이는 큰 운동장에는 전과 달리 인조 잔디가 깔려 있었지만 그 외에는 모든 풍경이 예전과 같았다. 정문 옆으로 향나무 고목 다섯 그루가 줄지어 심어져 있었고 나무 앞에는 아이들을 위한 그네와 미끄럼틀, 시소가 갖추어진 놀이터가 보였다. 그리고 보육원으로 시선을 돌리자 문 앞에 깔끔하게 차려입은 노년의 신사가 서 있었다. 나리가 말없이 고개를 숙이며 인사하자 그는 천천히 안으로 들어갔다. 보육원의 실내는 예전과 같았다. 복도의 게시판 사진 속에는 연도별로 단체 사진이 걸려있었다. 10년 전쯤의 사진 속에서부터 나리의 얼굴들이 있었다. 하나같이 무표정이었다. 달라지던 것이라곤 키뿐이었다. 키는 점점 자랐지만 표정은 같았다. 생기 없는 눈, 앙다문 두 입술. 아무 말 없이 어린 시절의 자신을 바라보던 나리는 게시판 바로 옆에 있는 원장실 안으로 들어갔다. 원장실 안에는 조금 전 인사했던 노년의 신사가 앉아 있었다. 나리는 옆에 마련된 가죽 의자에 앉았다.

"차를 좀 줄까?"

나리는 원장을 바라보며 물었다.

"무슨 차예요?"

원장은 가만히 나리를 쳐다보다가 답했다.

"선물로 들어왔는데, 보성 녹차라고 하더라."

"네, 주세요."

원장은 천천히 일어나 티백 두 개를 꺼내고, 전기포트의 전원을 켰다. 보글보글 나는 소리가 두 사람의 침묵을 가려주었다. '상록보육원 30주년 기념'이라고 쓰여있는 하얀 머그컵에 티백과 뜨거운 물이 담기고 나서도 5분 정도 시간이 지나서야, 원장이 다시 입을 열었다.

"그래, 어떻게 하기로 했냐."

나리는 말없이 녹차를 한 입 마셨다. 떫지만 부드

러운 녹차의 향이 입안 가득 퍼졌다. 나리는 문득 은초를 떠올렸다. 은초 꽃집의 작은 탁자 옆에 나란히 앉아 마시던 다양한 차를 생각했다. 매일 아침 출근하면 습관처럼 아이스 아메리카노를 마시던 나리였지만 요즘은 커피 대신 차를 즐겨 마시게 되었다. 은초가 추천해 준 대로, 월요일은 메밀이나 옥수수 등 곡식으로 만든 차를, 화요일은 백차나 홍차, 그리고 녹차를, 수요일은 보이차, 목요일은 우롱차, 금요일은 각종 허브로 만든 차를 마셨다. 보육원에서 녹차를 마시고 있자니 오늘이 마치 화요일 아침처럼 느껴졌다.

"고등반 선생님이 이번 달까지만 하기로 하셔서 마침 자리도 남고."

나리는 녹차를 한 입 더 마시곤 원장실 내부를 둘러보았다. 변함없는 공간이었다. 나무로 된 낡은 원장 명패와 양면을 가득 채운 책장, 각종 지자체에서 받은 상패와 표창장들이 들어있는 유리장. 한쪽 벽면에 걸려있는 졸업생들과 찍은 사진액자. 순서대로 시선을 주던 나리의 마지막 눈길이 노년의 원장에게 머물렀다.

"저, 돌아오지 않기로 했어요."

원장은 코끝에 걸쳐져 있는 안경테를 오른손으로 밀어 올렸다. 나리를 한 번 쳐다보았고, 녹차가 담긴 머그컵도 한 번 바라보았다. 그리곤 천천히 입을 열었다.

"마음이 바뀌었구나."

"네."

"오고 싶어 했었는데 괜찮겠냐."

"네."

한동안 말이 없던 두 사람 사이의 침묵을 먼저 깬 것은 나리였다.

"의무감 때문이었던 것 같아요. 나름의 부채 의식도 있었고. 딱히 하고 싶은 것도 없었어요. 그런데 요즘은 어쩌면 제가 행복해질 수도 있겠다는 생각이 들어요. 머물고 싶은 장소가 생겼어요."

두 사람은 한동안 말없이 차를 마셨다. 원장의 시선이 나리의 두 손에 머물렀다. 나리는 두 손으로 머그컵을 꽉 쥐고 있었다. 얼마나 꽉 쥐었으면 손가락 마디마디가 발갛게 변할 정도였다.

"그래. 그렇다면 어쩔 수 없지. 짐은 어떻게 할 거니. 다시 돌아올 테니 여기에 놔두라고 했잖냐."

"가져갈게요. 제 짐 가져가려고 온 거예요."

나리는 다시 녹차를 한 모금 마셨다. 방금 전과 달리 약간의 단맛이 느껴지는 듯했다.

10

마감을 끝내고 미용실 문을 열자 조그맣게 입김이 피어올랐다. 겨울이 다가왔음이 느껴지는 온도였다. 나리는 두 손을 비비면서 은초꽃집으로 향했다. 딸랑딸랑 종이 울렸다. 여느 때와 다르게 주목나무 묘목 사이로 은초가 얼굴을 빼꼼히 내밀지 않았다. 작업실 쪽에서 사부작거리는 소리가 들렸다. 나리가 다가서자 꽃다발을 만들고 있던 은초가 고개를 들었다.

"어, 왔어? 잠깐만 기다려줄래? 거의 끝나가."

은초의 손끝이 거쳐 간 꽃들이 하나둘씩 자리를 잡았다. 장미와 튤립, 히아신스가 중심에 들어갔고 유칼립투스와 전나무 가지, 그리고 드라이 라벤더가 곁에서 풍성함을 더했다.

"오늘 꽃다발은 유달리 크고 예쁜 것 같은데."

꽃다발에 어울리는 리본 색을 정하고 있던 은초가 나리를 보며 옅게 미소 지었다.

"오늘이 송화 어머님께서 주문하신 일 년 치 꽃다발의 마지막 날이거든."

은초가 말을 마쳤을 때 다시 한번 딸랑딸랑 종이 울렸다.

"안녕하세요!"

밝은 목소리와 함께 송화가 안으로 들어왔다. 두 손에는 붕어빵 봉투가 들려있었다.

"학교 후문 쪽에 붕어빵 성지가 있거든요. 마침 오늘부터 장사 시작이래서."

"다 됐습니다. 그럼 서둘러 티타임을 가져볼까요?"

작업대 한쪽에 리본이 묶인 꽃다발을 놓고 은초가 탕비실로 들어갔다. 나리는 자연스럽게 쟁반을 챙겼고 송화가 쟁반 위로 붕어빵을 옮겼다.

"오늘은 캐모마일입니다. 붕어빵의 단맛을 해치지 않는 은은한 향과 숙면을 도와주는 성분까지!"

은초의 안내와 함께 잔 3개가 탁자 위에 놓였다.

"삼촌 덕분에 커피보다 차를 더 좋아하게 된 것 같아요. 얼마나 다행인지 몰라. 아니, 우리 반에 김장

미라고 있는데 걔는 커피 중독이거든요, 쉬는 시간마다 레쓰비 마셔요."

나리가 미소를 지으며 이야기를 듣고 있는데 은초가 불쑥 끼어들었다.

"근데, 송화야 너 나리한테는 언니라고 하면서 나는 왜 삼촌이야?"

"아… 삼촌은 좀 연식이…."

"나랑 나리랑 두 살 차인데?"

"아… 삼촌은 얼굴 연식이…."

캐모마일 차가 목에 걸렸는지 나리가 옆에서 캑캑댔다. 송화는 깔깔거리며 웃기 시작했다.

"아저씨 아닌 게 어디예요…. 그래도 사장님보단 낫잖아요."

한동안 은초와 송화의 귀여운 다툼이 지속되었다. 그 와중에 은초는 나리가 활짝 웃는 모습을 놓치지 않았다. 아주 잠깐이었지만 분명했다. 늘 엷은 미소만 짓던 나리였기에 이 소중한 장면을 놓치지 않기 위해 은초는 계속해서 나리에게 시선을 두었다. 손이 큰 송화가 붕어빵을 봉투 가득 사 온 덕분에 이들의 티타임은 평소보다 좀 더 길어졌다. 어두운 시내를 밝히던 은초꽃집의 은은한 조명이 꺼진 것은 자정이 가까워진 무렵이었다.

"송화 어머님 1주기인데 나도 같이 가도 될까?"

"엄마 추모공원에요?"

"응. 단골손님이셨으니까. 나도 오랜만에 뵙고 싶어졌어."

그러자 송화가 나리 곁으로 다가가 팔짱을 끼며 말했다.

"언니도 우리 엄마 보러 갈래요?"

나리는 조금 망설이는 듯했지만 작게 고개를 끄덕이며 말했다.

"응."

"엄마가 좋아하겠네. 맨날 나랑 아빠만 보다가, 요즘엔 아빠도 바빠서 나만 봤었는데."

꽃다발을 두 손에 든 나리가 건너편으로 달려가며 말했다.

"그럼 내일 아침 10시에 정류장에서 봐요. 굿나잇!"

세 사람의 그림자는 두 사람의 그림자가 되었고 두 개의 그림자는 비슷하게 움직이며 이동하기 시작했다.

"송화도 이번 꽃다발이 마지막이라는 걸 알고 있어?"

침묵을 깨고 나리가 은초에게 말을 걸었다.

"아니, 나만 알고 있었는데, 이제는 나리까지만 알게 된 사실이지."

"일 년 치 꽃다발 값이 어느 정도야?"

은초는 나리를 살며시 바라봤다. 마침 나리도 은초를 쳐다보았고, 시선이 겹친 둘은 잔잔하게 미소를 지었다.

"단골 할인 적용해서 꽃다발 하나에 5만원으로 하면, 1년엔 60만원입니다. 손님."

"음… 그러면 일 년 연장을 좀 부탁해도 될까?"

"왜?"

"한 달에 한 번, 송화를 만나는 시간이 좀 더 이어졌으면 좋겠어."

"역시 언니는 언니구나. 삼촌보다 낫네."

두 사람 분의 그림자는 계속해서 앞을 향해 나아갔다. 가로등 빛을 받아 일렁이는 두 그림자 사이의 거리는 왠지 모르게 전보다 조금 더 가까워진 듯 보였다.

11

송화는 어제 은초로부터 받은 꽃다발을 품에 안고 정류장에 먼저 도착해 있었다.

"이번 꽃다발은 유달리 튤립이 많네요?"

나리가 묻자 은초가 살며시 미소 지으며 답했다.

"튤립의 꽃말을 좀 어필하고 싶었지."

"꽃말이 뭔데요?"

"영원한 애정."

송화는 눈을 동그랗게 뜨면서 튤립을 쳐다보았고 나리는 옆에서 살짝 고개를 끄덕였다.

"좀 감동이네. 변하면 안 돼요, 그 애정."

"글쎄, 너 하기에 달렸지."

둘이 잠시 티격태격하고 있자, 버스가 다가왔다. 추모공원은 아주산 주변이었다. 등산로 입구에서 바로 몇 정거장 전 이었는데 산 중턱에 위치해서 엄밀히 말하자면 아주산 안에 있다고 해도 무방했다. 버스에 먼저 오른 송화가 일부러 1인 좌석에 앉았다. 버스가 텅텅 비었기에 은초와 나리는 쭈뼛쭈뼛하다가 나란히 같이 앉았다. 둘은 한동안 말없이 차창 밖 풍경을 바라보았다. 울긋불긋하던 잎은 온데간데없고 앙상해진 가지만이 다가오는 추위에 맞서고 있었다.

"옛날 사람들은 꽃이 신의 메시지를 전달하는 매개체라고 생각했대. 그래서 꽃에 꽃말을 붙였고, 하고 싶은 말이 있을 때 꽃으로 대신하기도 했고."

나리는 고개를 끄덕거리다 문득 궁금해졌다.

"제일 좋아하는 꽃말이 있어?"

은초는 잠시 고민했다. 갑작스러운 질문에 대답이 선뜻 떠오르지 않았다.

"글쎄, 갑자기 물어보니까 잘 안 떠오르네. 생각 좀 해볼게."

추모공원에 다다른 세 사람은 봉안당의 일반실로 향했다. 밑부분의 2단에 자리하고 있었기에 허리를 살짝 굽혀야 납골함이 보였다. 단 속에는 옥색의 납골함과 사진 한 장이 들어있었다. 사진 속에는 어린 송화를 품에 안은 아버지와 그 곁에서 활짝 웃고 있는 어머니의 모습이 들어있었다. 자주 꽃집에 찾아와서 즐겁게 수다를 떨다가 돌아가던, 송화 어머니의 얼굴이 은초에게도 떠올랐다.

"엄마 나 왔어. 벌써 일 년이네. 난 잘 지내고 있어. 아빠도."

은초와 나리는 말없이 고개를 숙여 묵념했다.

"언니랑 삼촌 덕분에 즐거운 날이 많아. 걱정 마."

가만히 서 있던 송화가 갑자기 화장실 쪽으로 걸어갔다. 뒷모습뿐이었지만 연신 왼손을 눈 쪽으로 가져가는 것을 보아 눈물을 훔치는 듯했다.

사진을 바라보던 은초가 조용히 입을 열었다.

"송화는 걱정 마세요. 씩씩하게 잘 지내고 있어요."

나리는 아무 말을 하지 않았다. 그저 가만히 사진을 바라볼 뿐이었다. 잠깐 입술을 달싹였지만 거기까지였다.

"도시락 싸 왔는데 먹을래요? 여기 옆에 수목장 쪽에 적당한 곳이 많아요."

은초와 나리는 그늘막이 드리워진 나무 벤치에 앉아 송화가 건네주는 도시락을 받았다. 가만히 도시락을 바라보던 은초가 말했다.

"이건 싸 왔다고 하지 않고 사왔다고 하는 거야."

"그거나 그거나."

도시락에는 '혜자로운 집밥 제육세트'라고 적혀 있었다. 나리가 풋 하고 웃었다. 그 웃음은 두 사람에게도 전염되었다. 그들은 나란히 앉아서 나란히 웃었다. 수목장 주변에 다가오던 또 다른 사람들의 눈에는 이 세 사람이 가족처럼 보였을지도 모른다.

날이 어둑해질 무렵이 되어서야 세 사람은 시내의 버스 정류장에 도착했다. 송화는 숙제가 있다며 꾸벅 인사하고 반대 방향으로 달려갔다. 두 사람은 비슷하게 발을 맞추어 서로의 집으로 향했다. 은초의 발이 앞서면 나리의 걸음이 조금 빨라졌고 나리가 조금 앞서기 시작하면 은초가 반 발자국 빨리 내디뎠다.

"아참, 아까 제일 좋아하는 꽃말, 혹시 생각났어?"

나리의 물음에 은초는 말없이 몇 걸음 더 걷다가 말했다.

"음… 사스레피나무?"

"사스레피?"

"응. 사스레피나무."

"꽃말이 뭔데?"

저벅저벅. 한동안 걸음 소리뿐이었던 공기는 은초의 음성으로 다르게 진동했다.

"당신은 소중합니다."

나리는 가만히 고개를 끄덕였다. 은초도 조용히

고개를 끄덕였다. 무언가를 깨달았을 때 나오는 끄덕임은 아니었다. 부드러운 수긍 내지 조용한 긍정이었다. 가로등 불이 켜졌다. 두 그림자는 느리지만 분명히 앞으로 나아가고 있었다.

12

나리의 앞에는 은초가 다소곳이 앉아 있었다. 커트보를 씌운 후 분무기로 머리에 충분히 물을 뿌렸다. 나리는 빗질을 하고 나서 거울을 바라보았다. 은초는 전과 다름없이 살며시 눈을 감고 있었다.

'위이이잉'

나리는 바리깡 전원을 켰다.

'드르르륵'

나리는 왼쪽 옆 머리부터 다듬기 시작했다. 스피커에서 DJ의 목소리가 들렸다. 신청곡으로 '루시드폴'이 부르는 '봄눈'이 울려 퍼지기 시작했다. 원장은 피마 손님과 나란히 앉아서 수다를 떨고 있었고 50대의 중년 남성은 거울 속에 보이는 자신의 벗겨진 머리를 소중히 쓸어 넘기며 거래처와 통화를 하고 있었다. 미용실 안은 저마다의 소리로 가득 찼다. 늘상 있던 소리이자 변함없는 소음이었다. 다만 오늘은 여기에 나리의 목소리가 더해졌다는 점이 조금 달랐다.

'드르르륵'

"한때는 내가 빛날 곳이 전 남자친구의 품속인 줄 알았어."

'드르르륵'

"그리고 한때는 내가 빛날 곳이 익숙한 보육원의 공간 속인 줄 알았고."

'드르르륵'

"그런데 둘 다 아니더라고."

'드르르륵'

"나를 빛나게 해줄 수 있는 곳은 따로 있더라고."

'드르르륵'

"여기 이 미용실, 그리고 은초꽃집. 요즘엔 우리 집도 그런 장소가 됐어."

'드르르륵'

"덕분이야."

'드르르륵'

"덕분에 많이 위로받고 많이 행복할 수 있었어."

'드르르륵'

"고마워."

'드르르륵'

"이왕 고마운 김에, 하나만 더 부탁할게."

'드르르륵'

"오빠가 낙엽이 좀 되어줄래?"

'드르르륵'

"그 속에서 내가 예쁜 꽃을 피우는 사철란이 될 수 있게."

'드르륵'

"그럼 나는 더욱 빛나는, 소중한 존재가 될 테니까."

'드르륵'

'드르륵'

'드르륵'

은초가 살며시 눈을 떴다.

'드르륵'

거울을 통해 두 사람의 눈이 마주쳤다.

'드르르륵'

은초가 미소 지었다.

'드르르륵'

나리가 미소 지었다.

'드르르륵'

나리의 미소는 환한 웃음으로 바뀌었다. 나리가 웃자 은초가 따라 웃었다. 스피커에서는 '헨'이 부르는 '익숙한 새로움'이 잔잔히 울리기 시작했다.

작가의 말

시나 에세이처럼 짧은 글만 쓰는 저에게 소설을 써보지 않겠냐는 제안이 왔을 때, 사실 참 기뻤습니다. 긴 호흡이 필요한 글을 써보고 싶다는 생각을 종종 했었거든요. 기회를 주신 나의 영원한 캡틴 이상명 대표님께 감사의 말씀을 드립니다. 더불어 못난 제 글을 예쁘게 손보느라 고생하신 이도형 작가님께도 고마운 마음 전하고 싶어요. 이분이 이렇게 섬세한 분이셨다니, 친해지고 싶은데 어떻게 안 될까요? 작가님, 이 글 보고 계시죠?

문득, 인생은 오해와 이해의 연속이라는 생각이 들었습니다. 연애의 과정에서 상대방에게 느낀 오해는, 이별 후의 나의 부족함이었다는 이해로 후회하게 되고, 식물은 쉽게 죽어버린다는 오해는, 식물은 정성을 쏟을수록 예쁜 꽃을 피운다는 이해로 습득하게 되는 것처럼 말이에요. 오해와 이해의 경계에 선 많은 분들이 이해 쪽으로 한 걸음 더 내딛기를 바라는 마음으로 이 소설을 썼습니다. 무대가 되는 장소를 어디로 정할지도 고민을 했는데요, 식물 연구원인 제가 가장 가까이서 관찰하고 있는 식물이 등장하면 좋겠다고 생각하여 떠올린 장소가 꽃집이었습니다. 식물로 안식을 느끼고 위로를 받는 모습을 통해 사람들이 식물의 효용을 새롭게 깨달았으면 좋겠다고 생각했어요. 같은 맥락으로 글 속에 식물이 자주 등장합니다. 우선 등장인물의 이름이 모두 꽃에서 왔습니다. 나리는 백합의 순우리말이고 은초의 한자 이름은 밝은 잎이라는 뜻입니다. 송화의 성은 사실 '채'씨라서 여름과 가을에 자주 볼 수 있는 채송화가 됩니다. (아주 잠깐 등장한 송화 친구 김장미도 잊으면 안 됩니다. 호호) 커피의 시대를 살아가는 사람들에게 차 문화를 소개하고 싶은 마음도 컸기에 다양한 차를 등장시켰습니다. 우리나라 고유의 자생 식물을 알리고 싶은 욕심도 조금 담아보았지요. 사철 내내 푸른 잎을 가졌다는 '상록'을 보육원의 이름으로 정하고 단풍이라는 소재를 꺼내 우리나라 국립공원의 멋을 조용히 알리려 했습니다. 마지막으로 꽃말을 등장시켜, 꽃이 가진 다양한 메시지를 기억해 주었으면 좋겠다는 바람을 담았습니다. 아무쪼록 이 책이 가진 예쁜 내용을 잘 전하기를 바라는 마음입니다. 그래서 작중 등장하는 아주산의 한자 이름은 예쁠 '아(娥)', 예쁠 '주(姝)' 입니다. 이렇게 언급하지 않았다면 독자 여러분은 제가 숨겨놓은 이런 작은 이야기들을 발견하지 못했을 테지요. 우리 주변에도 이런 작은 보물들이 꼭꼭 숨겨져 있답니다. 부디 세상의 작은 구석에 관심을 가지고 그 속에서 따뜻하고 포근한 행복을 찾아내시기를. 읽어주셔서 감사합니다.

손준수

식물 연구원.
따뜻한 봄에 태어난 사람.
봄에 태어나 따뜻한 사람.

편집자의 말

이도형 시인

여기 네 편의 소설이 있습니다. 저는 이 네 편의 소설을 쓴 네 분의 글쓴이를 만난 적 있습니다. 그렇다고 동창이나 동료처럼 오랜 기간을 나눈 분들은 아닙니다. 책과 관련된 행사들이나, 몇몇 책방에서 마주쳐 인사를 나누고, 소소한 대화를 했던 순간들을 기억할 뿐입니다. 제가 이 네 분의 작가님들을 안다고 할 수 있을까요? 그렇지 않다면 제가 이 네 분의 작가님들을 모른다고 할 수 있을까요?

　안다는 것, 이해한다는 것은 언제나 일부를 알고 일부를 이해한다는 것일 테지요.

　질문을 이어가 봅니다. 소설은 사람을 완전히 이해한 사람이 쓰는 걸까요? 가상의 세계를 완벽히 설계한 사람이 쓰는 걸까요? 타자와 세상에 대한 이해가 완벽하다면, 우리가 굳이 소설을 쓰고 읽을 필요가 있는 걸까요?

저는 소설을 읽고 쓰는 행위가 타자와 세상을 이해해 보기 위해 애쓰는 과정이라 생각합니다. 그리고 그 과정엔 끝이 없는 것 같아요. 사람과 세상에 대한 질문에는 끝이 없습니다. 우리가 수백 편의 글을 읽고 쓰더라도, 완벽한 이해에, 완벽한 앎에, 완벽한 사람과 세계에 도달하기란 불가능할 겁니다. 왜냐하면 사람이, 세상이 닫힌 세계가 아니기 때문이지요. 우리가 다다르고 싶은 타자와 세상은 고정되어 닫힌 세계가 아닌, 우주처럼 끊임없이 변화하고 팽창하는 존재입니다. 소설을 쓰는 이도, 소설을 읽는 이도 마찬가지고요.

그럼에도 불구하고 누군가는 쓰고, 누군가는 읽습니다. 쓰는 동안, 읽는 동안 우리는 자신의, 누군가의, 자꾸 눈길이 가는 세계의 어느 구석에 어렵게나마 도달합니다. 그곳은 세상의 중심도 아니고, 세상의 전부도 아닙니다.

그럼에도 우리는 읽고 쓰는 여정의 끝에 도착한 그곳에서 새로운 페이지를 넘길 수 있게 됩니다.

새로운 페이지에 어떤 이야기가 담겨있나요? 어떤 이야기를 남기고 싶나요? 이 책에 실린 네 편의 소설을 쓰고 읽은 작가님들의, 독자분들의 다음 페이지가 궁금합니다. 제가 읽지 못하는 다음 페이지라 할지라도, 그 모든 다음 페이지를 응원하고 싶습니다. 세상에 모르는 페이지가 있다는 일은, 아직 읽지 못한 책이 있다는 일은 설레는 일이니까요.

맺음말

이상명

우리는 어떤 현상을 받아들일 때 자신만의 기준으로 해석하고는 합니다. 이는 때때로 언어를 받아들이는 과정에도 비슷하게 적용됩니다.

예를 들어 이어령 선생님의 인용에 의하면 글, 그림, 그리움이 모두 '긁다'에서 태어난 단어라고 합니다. 글씨를 긁으면 글이 되고, 모양을 긁으면 그림이 되고, 또 마음속에 어떤 생각을 긁으면 그리움이 된다고 합니다. 하지만 저는 그리움이 쌓여 그림이 된다는 말에 조금 더 마음의 추가 기웁니다. 그 편이 조금 더 낭만적이기도 하고 뭐랄까, 담겨 있는 서사의 깊이가 조금 더 깊게 여겨진다고 할까요.

사전적 의미로만 따지자면 오해는 '잘못된 이해'입니

다. 하지만 저는 이해와 오해는 하나의 뿌리에서 태어난 형제 (혹은 자매와 남매) 단어가 아닐까 하는 자의적 해석을 하고는 합니다. 같은 뿌리에서 뻗어나간 줄기가 각각 열매가 되고 꽃이 되고 잎이 되듯 타인을 혹은 그 타인이 담긴 상황을 알고자 하는 마음이 각자 다른 방향으로 뻗어 나가 이해가 되거나 오해가 되는 것은 아닐까요?. 또 둘은 묘하게 닮아 서로를 침범합니다. 잘못된 이해가 오해가 되기도 하고, 잘못된 오해가 이해가 되기도 합니다. 항상 이해가 정답이 아니듯 오해도 항상 오답인 것은 아닙니다. 때론 사랑처럼 아름다운 오해가 있기도 하고 슬픔이라는 아픈 이해도 있으니까요.

이 책에 실린 네 개의 이야기들도 각각 다르게 받아들인 현상에 대한 이야기입니다. 사고의 확장은 단순히 언어에만 머무는 것은 아니지만 책을 읽는 독자의 사고는 거의 매번 언어에 갇혀서 이해되곤 합니다. 바라는 바가 있다면 이 책을 읽는 동안은 사고가 조금 확장되어 언어 밖으로 뻗어 나가는 오해를 하길 바랍니다. 그 사고의 끝에 책과 다른 결론을 만난다면 조금은 이 책을 기획한 의도가 맞닿을 수 있다고 생각합니다.

-

 물론 지금 제가 쓴 글을 이해하고 있다면 그 또한 당신의 오해이긴 합니다.

77 page

1st COLLECTION   **사랑한 후에**

2nd COLLECTION   **나를 채운 어떤 것**

3rd COLLECTION   **이름 시**

4th COLLECTION   **부치지 않은 편지**

5th COLLECTION   **우연한 인연**

6th COLLECTION   **언젠가 우리 다시**

7th COLLECTION   **다시 보기**

8th COLLECTION   **그래서 오늘은 무슨 음악**

9th COLLECTION   **이해라는 오해에 관하여**

PAGES 9th COLLECTION

이해라는 오해에 관하여

손준수
이해이
임발
조혜림

기획	**이상명**
편집	**이도형**
디자인	**김현경**

펴낸곳	**77PAGE**
이메일	**77pagepress@gmail.com**
스마트스토어	**77page.com**
인스타그램	**@gaga77page**

초판 1쇄 발행　**2025년 6월 26일**

*이 책의 내용의 전부 또는 일부를 재사용하려면
펴낸곳을 통해 저작자의 동의를 받아야 합니다.

77page